Torgny Lindgren

# NORRLANDS AKVAVIT

Månpocket

Denna Månpocket är utgiven enligt överenskommelse med
Norstedts, Stockholm

Omslag av Elsa Wohlfahrt Larsson



Tryckt i Tyskland hos GGP Media GmbH 2008

ISBN 978-91-7001-604-2

Väl lyfter själen ofta trånsjukt vingen,
från ethern styrkt av rena änglabröden.
En dröm är lifvet, sällheten och döden;
vår möda fåfäng, all vår kunskap ingen.

*Erik Johan Stagnelius*

En gång om året köpte Ivar en flaska brännvin i Skellefteå.

När det nu blev hans tur och han steg fram till disken, sade han att han den här gången inte ville ha Renat eller Kronvodka eller Absolut, det fick gärna vara färgat eller åtminstone smaksatt.

Han iakttog expediten mycket noggrant, det var något hos henne som tydligen oförhappandes fångade hans uppmärksamhet; hon föreföll att vara i sextiårsåldern, hon hade håret sammanvirat till en hård knut på hjässan.

Då skulle jag föreslå en akvavit, sade hon. De smakar antingen dill eller kummin. Vad sägs om Skåne? OP? Herrgårds? Ödåkra?

Ivars blick tycktes ha fastnat vid hårknuten. Expediten märkte det uppenbarligen, med högra handen kände hon efter att den satt fast som den skulle.

Jag är ju ingen expert, sade Ivar. Det låter gott alltsammans.

Om jag får komma med ett förslag, sade expediten, så säger jag Norrlands Akvavit. Gammal Norrlands Akvavit passar till allting, i alla sammanhang. Själv tar jag en liten tår varje dag. Varunummer tvåhundrasextitvå. Ganska mycket fänkål.

Nu kunde Ivar inte bärga sig längre.

Den där håruppsättningen, sade han. Den påminner mig om någonting från mina allra första år i livet. Men vad det kan vara minns jag inte.

Det är lättbegripligt, sade expediten. Då jag var mycket ung hörde jag till en församling där vi alla hade sådana här hårknutar. Alla frälsta. Jag gjorde mig fort av med frälsningen. Men behöll frisyren.

Jo, sade Ivar. Norrlands Akvavit. Det blir nog bra.

Den är verkligen mycket omtyckt, sade expediten. Kummin och anis. Och som sagt fänkål. Som aperitif. Eller till sillen. För att inte tala om en liten sup så att säga ur skåpet.

Jag kommer från Nedre Avabäck, sade Ivar. Vi är inte sådana.

Enkelt uttryckt, sade expediten, och hennes röst hade fått en högtidlig klang, tre växter ur familjen Umbelliferae, de flockblommiga, tre hälsobringande örter som på ett lyckligt sätt fått förenas i livets vatten. Och slutligen förädlats med hjälp av några droppar sherry. Ska det vara en påse?

Då han kom hem sade han till Asta: Vi kan väl låta Torvald smaka. Om han kommer förbi någon gång.

Och Asta läste på etiketten. Gammal? sade hon. Vad kan de mena med gammal?

Eller Eskil i Svanliden, sade hon också. Jag sätter in den i Eberhards skänkskåp så länge.

Där, längst inne i skåpet, fann hon en annan flaska. Den var i stort sett likadan, den enda skillnaden var landskapsbilden på etiketten, vattenfallet på Ivars flaska var brantare men också mera slätstruket.

Hon måste ha stått här i alla år, sade Asta. Utan att vi visste om det.

Eberhard hade sina små hemligheter, sade Ivar. Om man drack brännvinet på hans tid, då lär det inte ha funnits någon nåd, då kom man till helvetet och den eviga elden.

Nu spelar det ju ingen roll, sade Asta. Nu då han är död.

Och hon ställde in de bägge flaskorna på översta hyllan i skänkskåpet.

Vid den tiden återvände Olof Helmersson till trakten, åttitre år gammal. Ingen kunde längre säkert säga hur länge han varit borta.

I Lycksele fick han veta att returbiljetter inte längre fanns, de var avskaffade. Utöver enkla biljetter fanns naturligtvis rabatthäften, månadskort och årskort, men den enkla biljetten var så att säga det normala.

En enkel till Avabäck, sade han alltså. Och kanske en avgift för cykeln?

Nej, den där hopfällbara cykeln, sade busschauffören, den var handbagage och ingenting annat.

Han var den ende passageraren, han satte sig på sätet för rörelsehindrade snett bakom chauffören. Jag borde känna igen vägen, sade han. Men jag gör det inte. Jag borde egentligen kunna den utantill, alldeles som tio Guds bud.

Militärvägen, sade chauffören, han är liksom enahanda. Har man sett en kilometer, då har man sett alla sjutti milen.

Det har gått förti år, sade han. Hela förti år. Eller endast femti år. Mycket har förändrats. Allt har förändrats. Utom byanamnen. Annsia. Norräng. Lyckan. Karlsgård. Husbondliden.

Karlsgård, sade chauffören, det är efter Karl den femtonde.

Det mesta är oföränderligt och bestående, sade han också. Utom människorna.

Ungefär denna vägen, sade han som alltså hade återvänt till trakterna efter lång tid, i stort sett den här vägen kom de första nybyggarna och Linné på sin lappländska resa och hans lärjunge Zetterstedt. Och konung Karl den femtonde då han skulle beskåda myrdikningen i Västerbottens inland. Och målaren Osslund.

Och jag själv kom, sade han.

Jo, sade chauffören. Det är många som har kommit.

Av och till rätade han upp sig och vred huvudet åt sidan med blicken fäst vid en eller annan punkt i landskapet, kanske fanns ändå något igenkännligt därute. Just så gjorde han när de for genom en av de glesa, långsträckta byarna på brinken ovanför älven, ja han reste sig upp och stödde handflatorna och pannan mot glasrutan medan han studerade en videbevuxen äng mellan två av gårdarna.

Det var egendomligt, sade han sedan han satt sig igen, men jag kunde inte se bönhuset.

Det brann upp, sade chauffören. Och ingen har brytt sig om att bygga upp det igen.

*

Nu i början av juni stod smältvattnet uppifrån Avabergets krön ännu kvar i dikena och det ljusgröna björkriset tycktes nästan genomskinligt. Han steg av vid vägskälet ovanför Lillåberg. Ska jag hämta upp dig på återvägen? frågade chauffören.

Så småningom, sade han. Så småningom.

Sedan cyklade han upp till Nedre Avabäck, i det sista motlutet steg han av och ledde cykeln. På pakethållaren hade han den lilla svarta läderväskan med underkläder, pyjamas och necessär. Han stannade till en stund under den nyutslagna rönnen framför Eberhard Lundgrens garage, andhämtningen krävde det. Han var trots allt åttitre år. Sedan lutade han cykeln mot husväggen.

Han steg in utan att knacka på dörren, medan han sträckte fram sin beniga och magra hand och hälsade på gårdsfolket sade han:

Det är jag som är Olof Helmersson.

Och gårdsfolket mumlade sina namn: Ivar och Asta.

Det är närmast Eberhard jag söker, sade han.

Transistorradion på diskbänken spelade Let's kill ourselves a son.

Eberhard, sade Ivar, han dog ju för många år sen. Storhopen har redan glömt honom.

Han var halvbror åt mormor min, sade Asta. Så vi ärvde stället.

Då frågade Olof Helmersson om han fick sätta sig en stund på kökssoffan. Genom västerfönstret syntes bönhusets gavel, det var inte vitmålat längre utan gult. När han talade skälvde och darrade den veckiga, tomma huden på hans knotiga strupe.

Detta, utbrast han, hade han aldrig kunnat föreställa sig, trots att han verkligen hade ansträngt sig till det yttersta med att föreställa sig allt. Han hade varit övertygad om att Eberhard skulle komma honom till mötes här på köksgolvet, han skulle komma utklivande ur kammaren och de skulle omfamna varandra. Jag har sannerligen väntat på dig, skulle Eberhard säga, jag har alltid vetat att du skulle komma tillbaka, det var bara en tidsfråga. Det finns ett och annat som vi här i bygden vill fråga dig om. Det har inte gått en dag utan att vi har tänkt på dig och talat om dig, Olof Helmersson. Du har blivit något äldre, det måste medgivas, men vi vet ju att du ändå är densamme, att ditt väsen är oföränderligt, att du är en klippa som man kan bygga på!

Hur dog han? Eberhard?

Han dog inte på särskilt vis såvitt vi vet. Stilla avlidit, stod det i tidningen.

Ingenting mer?

Nej, ingenting mer.

Han hade även föreställt sig att Eberhard genast skulle sätta fram en matbit åt honom, han hade trots allt färdats ända från Ume med ett timslångt uppehåll i Lycksele, en dryg resa för en karl utan matsäck. Han hade utmålat för sig ett stycke av det syltade fläsket från Holmlunds slakteri i Bastuträsk och en bit av den gräddiga osten från mejeriet i Norsjö och en av Herta Lyxells sirapslimpor. Och kanske till och med hemkärnat smör från Gransjö. Men nu insåg han med fasa att han aldrig skulle återse Eberhard.

Holmlunds är nedlagt och mejeriet är stängt och Herta Lyxell är död, sade Asta. Och Gransjö är öde.

Det händer ändå ett och annat även i våra trakter, sade Ivar.

Nej, sade Olof Helmersson, här kom såväl hans förnuft som hans inbillning tillkorta! Att somliga Lindgrenare och Burvallare skulle ha gått bort, det hade han förutsett, i de släkterna fanns ju inte endast musikaliteten och dragningen åt det konstnärliga, utan också sedan länge den slumrande lungtuberkulosen, för att inte tala om andra svagheter, men Eberhard! Eberhard?

Ivar och Asta hade satt sig vid köksbordet. Och Asta frågade: Vill du ha en matbit?

Jag vill inte tränga mig på, sade han. Jag är en mycket anspråkslös människa.

Ivrigt tuggande på det rökta renköttet och tunnbrödet fortsatte han sedan:

Han kunde för sin del inte tänka sig en skröplig eller åldrande eller vad det anbelangar död Eberhard, nej för honom var Eberhard ännu kassör i ungdomsföreningen och sammankallande för sångarna och sedermera ordförande i församlingen.

Därtill kunde han ensam lyfta och bära en huggen grindstolpe av granit.

Och var skulle han nu sova?

Det hade varit självklart för honom: Jag sover hos Eberhard.

Transistorradion spelade nu In the future when all is well. Klockan var snart nio om kvällen men solen stod fortfarande högt ovanför bönhuset.

Sängen finns ju kvar, sade Asta. Och bäddad är den som den jämt har varit, som den var då vi ärvde den, vi har inte velat röra den.

Gud vet när någon senast sov i henne, sade Ivar.

Sedan stod de inne i salen och såg på sängen.

Detta var alltså predikantsängen.

Den hade en hög rygg av ådermålat trä, krönt av en fris med skulpterade blomsterrankor och tre svarvade spiror, även gavlarna avslutades framtill av små huggna rosor och liknande, fast något lägre och enklare spiror. Benen var målade med bronstinktur. Den höga, välvda bädden täcktes av ett knutvirkat, vitt överkast. Vid huvudgärden låg en broderad kudde, prydd med vasakärven, en örn och två kronor, således den bernadotteska ättens vapen.

Den förste som sov i henne, sade Ivar, ska ha varit Karl den femtonde.

Eller biskopen som var åtvid honom, sade Asta.

Man kunde ju aldrig säkert veta, sade Ivar, var Karl den femtonde sov om nätterna.

Och sedan, sade Asta, har det varit predikanter utan tal. De kringresande. För att inte tala om evangelisterna. Självaste pastorn bodde väl på vinden i bönhuset.

Ja, sade Olof Helmersson. Det gjorde han.

Hon har till och med varit i tidningen, sade Ivar. Sängen.

Ja, sade Olof Helmersson, i sådana mäktiga sängar måste man sova med andakt och vördnad. Det är inte vem som helst förunnat att taga viloläger av det slaget i besittning.

Men om du tror att hon duger? sade Asta.

Den duger, sade Olof Helmersson.

När de drack morgonkaffet frågade han efter Manfred Marklund, tidningsskrivaren. Jag får börja hos honom, sade han. Ett sådant ärende som mitt, det kan inte uträttas utan att man har massmedia vid sin sida.

Manfred Marklund, sade Asta, han är borta sedan länge. Han hade lungsoten inkapslad i lungorna. Och kalkhöljena brast.

Men sonen? sade Olof Helmersson. Lillmanfred? Han skulle ju ta över.

Han vart ihjältrampad i Skellet, sade Asta. Roxette var

där och spelade. Eller om det var Carola som sjöng.

Och hon hämtade ur kammaren en liten mapp, hopbunden med gummisnoddar. Den här pärmen, sade hon, fann vi efter Eberhard.

Och hon öppnade den.

Det var sida efter sida där dödsannonser klistrats in, mestadels två och två, ibland tre och tre. Dödsannonser och ingenting annat.

På det sista bladet fanns endast Eberhards egen annons, enspaltig och okonstlad.

Det är jag som har klistrat in den annonsen, sade Asta.

Hon hade, sade hon, velat avsluta samlingen, detta Eberhards dödsalbum, på det enda värdiga sättet. Hon var övertygad om att det motsvarade hans sista vilja.

Medan Olof Helmersson långsamt bläddrade sig igenom pärmen, tankfullt betraktande varje sida, suckade han emellanåt och muttrade några ord av häpet vemod eller bitter besvikelse eller hastigt övergående smärta, Asta och Ivar kunde tydligt se hur djupt han deltog i all den sorg som komprimerats på de buckliga, gultonade bladen.

Det är ofattbart, hörde de honom säga, att han, den grovlemmade och okuvlige, redan har gått bort!

Eller:

Och hon som var så stark och livfull och älskansvärd och blomstrande!

Eller:

De båda var ju yngre än jag, de hade så mycket att uträtta!

Eller:

Han som just hade byggt sitt nya hus och skaffat en nästan obegagnad motorcykel! Och de hade alla oskuldsfullt glatt sig åt livet.

Nej, en sådan förödelse, en sådan dödens vettlösa framfart, ett sådant mänskligt kalhygge, det hade han verkligen aldrig kunnat föreställa sig, inte ens i sina mörkaste stunder.

Vad det gällde alla dessa hade han alltså inte lyckats komma i tid! Han hade dröjt alltför länge, han hade tvekat och låtit sig distraheras av än det ena än det andra under alla de år som gått, han förbannade sin lättja och obeslutsamhet!

Men de som inte finns i den här pärmen, sade han, de är ännu i livet?

Jo, det fick man nog utgå ifrån.

Men han önskade, sade han, att det vid sidan av den här mappen även hade funnits en livets bok, där alla de övriga hade fått sina namn skrivna!

Om man tänkte efter, påpekade Ivar, var det väl närmast obegripligt att det fortfarande fanns levande människor i den här landsändan.

Och ingen var oersättlig. Som nu Manfred Marklund. Efter honom hade en invandrare från Jörn vid namn Vikström tagit på sig skrivandet. Han tog även emot dödsannonser och Personliga meddelanden och Borttappat och Fastigheter till salu. Det hände till och med att hans röst hördes i Västerbottensradion. Han är givetvis inte som Manfred Marklund. Men ändå. Han duger inte till något annat. Därför skriver han.

Jag kommer att söka upp honom, sade Olof Helmersson.

Han bor i Klinten, sade Asta. I Holmgrens hus.

Ja. Detta hade han nyss sett och begrundat. Att de bägge var borta. Holmgrens.

Nu måste Asta ge sig av, som vårdbiträde i hemtjänsten hade hon sina plikter och schemalagda arbetstider, hur nöjsamt det än var att sitta med kaffekoppen i handen och småprata med honom, Olof Helmersson, som hon snart tyckte sig ha lärt känna, var hon tvungen att bryta upp, de höga herrarna och fruarna på socialkontoret hade ständigt ögonen på henne, ja på alla sina underlydande.

Och vem vårdar du?

Gideon i Avaberg. Och Gerda i Inreliden. Jakobs Gerda. På deltid.

Gideon? sade han. Och Gerda? Har de redan hunnit därhän? Att de tarvar vård?

Gerda, sade Asta, hon är sängliggande sedan ett eller annat år. Och Gideon har tappat synen.

När hon redan var på väg ut, i dörröppningen, vände hon sig om och förklarade för honom:

Det var en stor glädje att det fanns gamla och sjuka att vårda. Den dag ingen längre behövde vårdas, då var det slut med bygden. Ja, de sjuka och döende var en välsignelse, de utgjorde basen för näringslivet i trakten. De var de enda som verkligen behövde föröka sig.

Tidningen hade kommit. Nordkorea skulle snart testa nya kärnvapen. Det var fullt möjligt att förvandla hela den västliga världen till en enda öken.

Det tog honom en dryg timme att cykla till Klinten. Vid stranden av Åmträsket blommade kabbelekan. Det luktade kåda från hoparna av vinteravverkat virke. Tjälskadorna i vägen fick honom att röra sig osäkert och vinglande.

I Klinten hade inte mycket förändrats. Men Holmgrens stall var rivet. Och sparkstöttingen som alltid brukat stå ute på gården, även sommartid, var borta. Över ytterdörren hängde tidningens emblem, en rentjur som i sävligt trav rörde sig under en ljusblå stjärnhimmel.

När han stigit in var det första han sade: Du har rivit Holmgrens stall.

Leif Vikström satt djupt böjd över tangentbordet till sin dator. Han skrev. Hans stripiga, gulgrå hår hängde ner över ansiktet. På hjässan var det glest. Det dröjde en stund innan han svarade.

Jag sålde det åt Emil i Norrbyberg, sade han till sist. Han ska ha det för ponnyridningen. Åt turisterna.

Vilka turister?

Det kan man aldrig veta.

Äntligen tycktes han ha skrivit färdigt. Och han frågade:

Vad kan jag hjälpa dig med?

Jag är Olof Helmersson, sade Olof Helmersson. Och jag behöver bistånd av massmedia.

Jaha, sade Leif Vikström.

Du vet vem jag är? sade Olof Helmersson. Vad jag har betytt här i bygden?

Nej, sade Leif Vikström. Jag vet inte vem du är. Jag är egentligen från Jörn.

Alla, sade han också, alla tycker sig behöva vår hjälp. Men vem hjälper oss?

Med bägge händerna lyfte han tillbaka håret från sitt ansikte och såg på Olof Helmersson, samtidigt pekade han med höger hand mot världskartan på väggen intill skrivbordet.

Vi journalister, sade han, utsätts oavbrutet för krav och utmaningar och dåraktiga angrepp, vi lever under ständigt dödshot.

Hur gammal kunde han tänkas vara? Trettifem? Förti?

Även här i Klinten? sade Olof Helmersson.

Man får alltid vara beredd på det värsta, sade Leif Vikström.

Men du skriver trots allt?

Jag är tidningens korrespondent. På halvtid. Dessutom, sade Leif Vikström och klappade försiktigt på datorn, pågår här ett större skönlitterärt och kulturhistoriskt bygge.

Olof Helmersson hade satt sig ner på stolen mittemot lokalkorrespondenten. Han log, försiktigt och förstående. Mellan hyllorna, som var fyllda med mappar och böcker, skymtade Holmgrens gamla rosablommiga tapet.

Ja, sade han, det är sällsamt att storslagna ting kan ske på den andliga odlingens fält även inne i obygden.

Jag visste ingenting om de här sagolika trakterna, sade

Leif Vikström. Innan jag kom hit. I Jörn visste vi ingenting.

Nej, sade Olof Helmersson. I Jörn.

Jag har samlat stoff i ett par år, sade Leif Vikström. Och nu skriver jag. Till att börja med i bloggen. Sedan blir det bok.

Det tycks mig välbetänkt, sade Olof Helmersson. Böckerna är hållbarare än urberget. Varaktigare än orden som de innehåller. Jag lyckönskar dig.

Du kan få läsa ett stycke, sade Leif Vikström. Det är färskt ur skrivaren.

Tack, sade Olof Helmersson.

*När han kom förändrades allt. Ingenting skulle därefter bli detsamma. Det var framtiden, civilisationen, hoviskheten, kärleken till konsten och skapandet, ja till själva existensen som kom ridande till det innersta av Västerbotten. Den högresta, mörka gestalten i spetsen red en oldenburgsk hingst, efter honom följde biskopen med de två hjälpprästerna, cheferna för ämbetsverken, konstmålaren Boklund, referenten från Post och Inrikes Tidningar, adjutanterna, professorn i lavar och mossor, lektorn i larver och myggor, klövjehästarna med akvavit, champagne, röda viner och punsch, kärrorna med skinkor, pastejer, korvar och rödbetor samt efterridarna från Svea lifgarde som fraktade tälten. Solen blänkte i knappar och revärer, hästarna bockade djupt och neg då de gick över spängerna vid Sikträsket, folket stod med blottade huvuden längs vägen.*

Det där är bara början, sade Leif Vikström. Jag skriver allt så som det har blivit omtalat för mig.

Det är vackert, sade Olof Helmersson. Närapå storslaget. Men vem är det som kommer?

Givetvis kommer Karl den femtonde, sade Leif Vikström. Vem skulle det annars vara? Då han kom för att inspektera utdikningen av myrlanden.

Det borde jag ha begripit, sade Olof Helmersson.

Men om en stund återvände Olof Helmersson till sitt ärende.

Du vet således inte vem jag är? sade han.

Inte än, sade Leif Vikström. Fast jag blir inte förvånad om du talar om det.

Jag var pastor i Nedre Avabäck, sade Olof Helmersson. Det var jag som vållade de sista stora väckelserna. Jag predikade i alla de sju församlingarna. Mellan nittonhundraförtisju och nittonhundrafemtifem omvände jag fyrahundrasexton själar i de här trakterna. Några av dem två gånger.

Fanns det så många själar?

Ja, de fanns.

Jo, sade Leif Vikström. Då vet jag vem du är. Folket har pratat om dig. Men de har sagt att du var stor och lång och hade vågigt hår och krafterna som en jätte.

Det var länge sedan, sade den skallige och skrumpnade Olof Helmersson.

Och det var du som införde tandborstningen här i landet.

En predikant kan inte låta tänderna förfalla, sade Olof Helmersson. Då man predikar kan man inte ha löständer som klapprar.

Alla, fortsatte han sedan, alla trodde att väckelsernas tid var förbi. Men Anden var utomordentligt stark i mig. Folket strömmade till från alla byarna och kronotorpen. Och upp ur gruvornas mörker. Två gånger sändes mina predikningar i radio. Det predikande tillståndet var det enda naturliga för mig. Den heliga inspirationen ingav mig orden ett efter ett, ibland hundratals åt gången. Tungor av eld föll ner över stora delar av Västerbottens inland. Med bönens kraft och mina blotta händer botade jag tre magsår och ett antal åderförkalkningar. Och jag sjöng! Jag spelade dragspel och sjöng så att folket grät!

Telefonen ringde, lokalredaktören antecknade annonsen som skulle införas snarast. Stövarhanne bortsprungen på Gransjöheden, hittelön utlovas.

Som sagt, sade Olof Helmersson som nu hade rest sig upp och stod på golvet framför skrivbordet, som sagt: Jag sjöng!

Och med något sprucken stämma, av och till blundande medan han sökte efter orden och melodin, med de långa och magra fingrarna knäppta över bröstet sjöng han för lokalkorrespondenten:

*O, hur saligt att få vandra*
*hemåt vid vår lala laa.*
*Snart vi slutat ökenfärden*
*och gå in i Kanaans land.*

*Här vid hm mm mmm*
*tystnar ofta nog vår sång.*
*Men vi lala lala dagar*
*i Jerusalem en gång.*

*O må ingen bli tillbaka*
*här i denna lala laa.*
*Må vi alla där få mötas*
*efter slutad pilgrimsfärd!*
*Härligt sången där skall brusa*
*stark som dånet av en vattuflod.*
*Tam tamtam tam tam tamtaam*
*Äran tillhör hm hm Lammet,*
*hm mmm med sitt blod.*

Sedan satte han sig igen, han flämtade en aning.

Och nu, sade han, nu har jag kommit tillbaka med ett nytt budskap. Det är nödvändigt för mig att det når ut till alla de sju församlingarna. Du ska hjälpa mig.

Med budskapet?

Nej. Själva budskapet har jag fixt och färdigt inom mig. Du ska bara tillse att det kommer i tryck.

Budskap, sade Leif Vikström, är ingenting för en lokaltidning. Folket vill ha notiser om älgjakten och hjortronplockningen och den första tranan på Lidmyren. Och avlidna och jordfästningar. Inga budskap.

Sidan två, sade Olof Helmersson, sidan två var alltid fylld av budskap.

De har krympt, sade Leif Vikström. Budskapens tid är i

stort sett förbi. Och vi på lokalredaktionerna tänker inte ut några budskap. Själva tänkandet äger rum ute vid kusten, huvudsakligen i Skellet.

Jag kan skriva ner det, sade Olof Helmersson. Du behöver endast vidarebefordra det.

Det hjälper inte, sade Leif Vikström. Centralredaktionen refuserar alla budskap som kommer från de här trakterna.

Men han ville nämna, ja kanske till och med rekommendera ett par alternativa möjligheter:

Olof Helmersson kunde annonsera. Under Personligt. Eller Meddelanden. Endast etthundratjugofem kronor centimetern. En liten insändare kunde också vara tänkbar. Brev till redaktören. Hundra ord. Inte mer.

Olof Helmersson satt tyst, han tittade ut genom det öppna fönstret till vänster om skrivbordet. På gårdsplanen stod Holmgrens gamla rostiga slåttermaskin kvar. Taket på den timrade ladan uppe vid skogsbrynet hade störtat in. Grönsakslandet vid det rivna stallets gavel var övervuxet av vide. Kanske lyssnade han till björktrastarna.

Till sist sade han:

Detta som jag har att säga är mycket större än vad du, min käre lokalredaktör, kan föreställa dig. Det är tungt och genomträngande. Det ryms inte i en annons eller en insändare. Två helsidor vore inte nog. Nej, du kan inte hjälpa mig. Naturligtvis inte. Det var en löjlig tanke. En av mina inbillningar, ingenting annat.

Och han tillade att han hela livet hade varit sådan, han hade inbillat sig än det ena än det andra, fantasifoster och hjärnspöken hade kastat honom än hit än dit genom tillvaron; egentligen var det just det förhållandet som han hade föreställt sig att han borde meddela tidningens läsekrets, han hade haft för avsikt att i viss mån framvisa sig själv som ett varnande exempel, han hade i sin narraktighet föresatt sig att äntligen, nu i sitt åttifjärde år, säga sanningen. Han kunde bara be om förlåtelse för sitt tilltag, även det naturligtvis fåfängt och utan egentligt allvar.

Den kvällen frågade han sitt värdfolk om han kunde få betrakta sig som inackorderad hos dem. Ett par dagar, sade han. Någon vecka. Jag har ett ärende och jag kan bo var som helst. Ingen frågar efter mig. Min hustru är död. Den ende sonen finns i Australien och hör aldrig av sig.

Jo, det skulle nog kunna gå för sig.

Och det var inte utan att han nästan kände sig hemma i den konungsliga predikantsängen. Om han så fick säga.

Innan de skulle gå till sängs kom Asta till honom med ett av de etsade, höga glasen ur Eberhard Lundgrens helgdagsservis.

Det är till tandborstningen, sade hon.

Hon hade alltså förstått vem han var. Utan att han sagt det. Djupt nere i sitt minne hade hon återfunnit någon sorts berättelse om honom.

Hans krängande och ostadiga färder på den hopfällbara cykeln låter sig inte följas dag för dag, inte kilometer för kilometer. Själva landskapet, det innersta av Västerbotten, skapar svårigheter. Är denna landsända ens för handen? Byarna, var ligger de? Är deras namn de rätta? Och kronotorpen? Är de ännu bebodda? Mellan vilka berg och sjöar slingrar vägen fram? Och mellan vilka övergivna myrodlingar där videt växer manshögt? Var finns broarna? Är de överhuvudtaget byggda? Och mynnar åarna och bäckarna i Skellefteälven eller i Vindelälven?

Vägbanan var sönderssprängd av frost, timmerbilarna och traktorerna hade grävt djupa hjulspår, vägskyltarnas ortsnamn hade under vintern utplånats av plogbilarna.

Det var den andra dagen som han for till Gideon. Eller den tredje, beroende på hur man räknar.

Många av vägarna, ja de flesta, bar förbi Klinten. Där stannade han gärna någon stund och rastade. Och lokalredaktören, Leif Vikström från Jörn således, tog förbindligt emot honom. De kände ju varandra och var förenade av kärleken till Ordet. De blad som senast matats fram ur skrivaren låg ofta framme på skrivbordet, vända åt rätt håll så att besökaren skulle finna dem.

*Det kungliga följet slog läger på fårbetet vid stranden av Långträsket. Tälten restes, konstmålaren Boklunds otympliga staffli ställdes upp framför konungens tält, is till dryckerna hämtades hos bonden i Björknäs, han och drängarna hade sågat block ur den metertjocka sjöisen redan i mars månad, ändå visste de inte att någon skulle komma söderifrån. Halm till golven tog man ur logen i Morken. Livgardisterna och husarerna och dragonerna genomförde nödiga övningar. Eldar tändes under kokgrytorna. Den kunglige fjärilsamlaren löpte med sin håv fram och tillbaka nere vid sjökanten. Hovslaktaren flådde och styckade ett ovisst antal av Björkåsbondens dilamm. Och inne i konungens tält redde man hans furstliga läger. Ett lager av husmossa breddes ut över halmen. Däröver kastades ett hyende av damast. Bolstret masserades och skakades till den mest fullkomliga mjukhet och luckerhet och komfort, överst kom duntäcket med spetsbårder och kungligt, guldstickat monogram, kuddar som stoppats med fjun från franska rapphönskycklingar doldes till hälften av täcket.*

*Men där, i den bädden, skulle han givetvis aldrig sova.*

*Och redan hade artisten och professorn Boklund börjat måla av Långträsket.*

SOMMARAFTON I NORRLAND.

*Ett par dagar senare skulle kungen utbrista: Ja, det*

*landskapet har jag fångat ganska väl! och med kraftiga bokstäver signera den färdiga tavlan.*

Bakom det här verket, sade Olof Helmersson, anar man en omfattande och djupgående historisk forskning.

Verkligen inte, sade lokalkorrespondenten, snarare motsatsen. Vilket föralldel kan vara ett och detsamma.

Gideon satt vid köksbordet, lätt framåtböjd mot cd-spelaren som stod framför honom, de väldiga gruvarbetarnävarna vilade mot vaxduken. Rösten i apparaten talade om något som hände i början av nittonhundratalet. Den svinaktigt lastbare diktaren Sven Lidman skrev en psalm, och samtidigt som han skrev blev han frälst. Medan jag skrev den sista strofen, sade cd-spelaren, skedde en sällsam förvandling: hela min varelse förvandlades. Mina händer var ljusa, mina fingrar som höll reservoarpennan var som ljuslågor medan jag skrev de sista versraderna, och när jag reste mig från skrivstolen och gick ut på golvet var jag helt och hållet ljus.

Gideon väntade tills berättelsen tillfälligt satte punkt, då tryckte han på pausknappen.

Jaha? sade han.

Olof Helmersson hade blivit stående på den randiga trasmattan innanför dörren.

Stör jag? sade han. Du lyssnar på en roman?

Jo, sade Gideon. En roman.

Allt är lögn, sade Olof Helmersson.

Jo, sade Gideon. Men romaner är ju bara tidsfördriv. Man får inte ta dem på allvar.

Känner du inte igen mig? sade Olof Helmersson.

Jag känner inte igen folk längre, sade Gideon. Jag har blivit blind.

Rösten menar jag, sade Olof Helmersson. Känner du inte igen mig på rösten?

Nej, den rösten har jag aldrig förr hört.

Då tog Olof Helmersson två tre steg framåt och ropade så starkt han förmådde: Halleluja! Halleluja!

Jo, sade Gideon. Du låter som Olof Helmersson, predikanten som frälste mig en gång i tiden.

Ja, sade Olof Helmersson. Det är jag.

Så du har kommit tillbaka?

Ja, förklarade han, nu i sitt åttifjärde år hade han tvingats att äntligen återvända. Inte av fri vilja, men ändå. En inre röst hade övertygat honom om att hans gärning här i Västerbottens innersta inte var avslutad. Människan måste verka, ty natten kommer, börja i morgonstund! Verka när daggen glänser klart i lummig lund! Verka i dagens hetta, mitt under solens glöd! Verka, ty natten kommer!

I flera år hade han uppskjutit den här resan, med undanflykter och halvsanningar hade han dövat sitt samvete, men till sist hade han så att säga besegrats av den obevekliga kraften i sitt ärende. Han hade omgjordat sina länder och smort kedjan på sin hopfällbara cykel och anträtt denna färd, som mycket väl kunde vara den sista resan.

Medan han talade tog han de få stegen fram till bordet och satte sig mittemot Gideon. På bordshörnet stod en tom sopptallrik och en plastbägare. I fönstren fanns varken blommor eller gardiner. Men ovanför kammardörren hängde fortfarande den uppstoppade lappugglan. Vid Gideons vänstra armbåge stod ett inramat foto.

Ett vackert porträtt det där, sade Olof Helmersson. Av din hustru.

Jo, sade Gideon. Det är Ingrid. Jag kan ju inte se henne. Men jag fingrar på henne ibland.

Henne frälste jag också, sade Olof Helmersson.

Det hade jag glömt, sade Gideon. Men nu då du säger det. Hon var nog frälst hon också.

Men hon är borta?

Det var innan jag vart blind, sade Gideon. Jag önskar att jag hade sluppit se det.

Han höll sitt pekfinger upplyft framför startknappen på cd-spelaren, som om han längtade tillbaka till romanen.

Jag borde väl bjuda dig på någonting, sade han sedan. Om Ingrid hade levat, då hade du fått mjukkaka och smör och mesost. Nu då du har gjort dig omaket att mot förmodan återkomma. Men jag har ingenting. Asta brukar laga mat åt mig i fyra kastruller. Då den sista är tom, då kommer hon tillbaka. Det är så jag vet att Asta ska komma.

Nu sade Olof Helmersson några ord om blindheten. Att Gideon bar den med stor värdighet och ett nästan ofattbart jämnmod. Att han föreföll helt obruten. Att hans stolta hållning var oförändrad.

Det beror på härstamningen, sade Gideon. Vi är alla av en särskild sort här i trakterna.

Men han kunde tänka sig, fortsatte Olof Helmersson,

att de långa åren där nere i Adakgruvans och Kristinebergsgruvans mörker kanske utgjorde en nyttig övning för den som längre fram i livet skulle slås av blindhet. Vanan att treva sig fram mellan klipputsprång och genom trånga gruvgångar, det tunga och ryggkrökande slitet i orterna i jordens innandöme där inga väderstreck och horisonter och gryningar fanns, allt detta kunde helt enkelt betraktas som en inskolning i ickeseende och ständig natt.

Därvidlag, i fråga om förberedelsen, sade Olof Helmersson, har du Gideon ändå haft tur här i livet.

Men nu gjorde Gideon invändningar.

Nere i gruvan fanns inget mörker. Mörkret var bara människornas fördomar. Tvärtom: gruvan flödade av ljus. Överallt var lampor och strålkastare. Man arbetade och trälade och svettades i ett nästan outhärdligt ljus. Man fick ständigt skugga ögonen med ena handen, många använde sotade glasögon. Lyfte man blicken, då träffades man genast av de frätande strålarna ur tusenwattsstrålkastarna. Detta var också något som läkaren gissningsvis hade föreslagit: att han hade bländats till sin blindhet, att en eller annan hinna i hans ögon blivit sönderbränd, att han hade sett ljuset för mycket.

Något sådant, sade Olof Helmersson, har jag aldrig hört talas om.

Det hade läkaren också påpekat. Det finns inte i litteraturen, hade han sagt. Då lutade han snarare åt tanken att något oförutsägbart och svårförklarligt hade slagit till mot Gideons hjärna eller synnerv. Ville han ha en remiss till en ögonprofessor i Ume?

Nej, hade Gideon sagt och rest sig och börjat treva sig mot dörren. Det var alldeles överflödigt.

Själv visste han ju mycket väl vad som hade hänt, vad det var han hade råkat ut för.

Han hade bara velat veta om det var obotligt.

Det skulle ha varit ohyggligt pinsamt att säga sanningen till provinsialläkaren, han hade känt skam inför vetenskapen. Fast någon sådan blygsel eller skam kände han givetvis inte inför honom, Olof Helmersson. Då han nu hade kommit åter.

Ingen kunde hävda att han företrädde vetenskapen. Nej, sannerligen inte.

Han riktade blicken mot den åldrige väckelsepredikanten, som om han kunde se honom. Med handen försökte han stryka bort solen som föll in över hans ansikte.

Du minns kanske, sade han, att jag alltid har haft lätt för att falla i hänryckning?

Ja, det kommer jag ihåg.

Det hände aldrig i underjorden, sade han. Alltid ovan jord. Och inte endast under bönemötena.

I synnerhet, fortsatte han, var det inför naturen som gripenheten och hänförelsen ibland kunde bringa honom att i stort sett mista besinningen. Och den råa kärleken till allt levande, växtligheten och småkrypen på marken och luftrummets fåglar och insekter kunde stundom förena sig med hans djupt kända frälsning. Då vart han liksom vettlös, han miste makten över sig själv, hela hans varelse sjöd och kokade, en högre myndighet tog herraväldet över honom. Så hände en dag att han satt på en stubbe bakom fårhuset, det var ett par år efter Ingrids bortgång. Han bad till Gud och Kristus och lovprisade skapelsen. Dessvärre hade luften varit fylld av fågelsång, insekter hade surrat och durat omkring honom, godluktgräset hade doftat och träden hade grönskat.

Som nu, sade han med frågande ton. För löven är väl utslagna?

Ja, björkarna är gröna. Och rönnarna.

Och hänryckningen hade kommit över honom. Han hade rusat hit och dit mellan stenarna och tuvorna och myrstackarna, han hade ropat till Gud och Jesus, lovsånger på okända språk och dialekter hade vällt fram över hans läppar. Och den ingivelsen hade kommit över honom att han skulle omfamna den största och grövsta tallen där bakom fårhuset, en broderlig omfamning.

Kan du giva mig ett vattenglas?

Och Olof Helmersson hämtade ett glas vatten från diskbänken. När Gideon druckit fortsatte han.

Då han därpå med högsta tänkbara hastighet rusade fram mot den väldiga tallen, då slant hans fötter i den försommarfuktiga mossan och han slungades med skallen före rätt in i den mäktiga tallstammen. Detta var vad han tydligt mindes.

Huru länge han sedan legat sanslöst vanmäktig, det kunde han inte säga. Han hade varit död, så enkelt var det. Han hade tillfälligt besökt dödsriket, ungefär femti meter från fårhuset. Då han efter ett ovisst antal timmar återkom till livet, så att säga uppstod från de döda, då hade han för alltid mistat synen. Han var blind ända in i benstommen. Och minst lika märkvärdigt var att frälsningen runnit av honom. Han hade förgäves prövat de gamla orden av åkallan och underkastelse och jubel och innerligt överlämnande. Men han hade inte längre den minsta tillstymmelse till frälsning inom sig.

Och han beklagade att han var tvungen att säga detta till en gammal väckelsepredikant:

Han saknade synen mer än frälsningen.

Du gjorde rätt, sade Olof Helmersson, då du inte nämnde något av det här för provinsialläkaren. Han hade inte trott dig, en provinsialläkare vet inte vad det är att tro.

Solen hade nu nått även honom. Han flyttade sin pinnstol ett stycke bort från fönstret. Han svalde flera gånger i tomning innan han sade:

Också till dig har jag alltså kommit för sent med mitt ärende.

Jag tänkte väl det, sade Gideon. Så ohyggligt gammal som du rimligen är måste du förvisso ha ett ärende för att ge dig ut i världen.

Nästan alla är döda, sade Olof Helmersson. Eberhard Lundgren förde bok över döden. En bok över min alltför sena ankomst. Det är fasansfullt.

Du sade som sagt, påpekade Gideon, att du hade ett ärende.

Och nu tog sig Olof Helmersson samman, med höger hands tumme och pekfinger fattade han tag i den löst hängande huden under hakan och drog ut den en handsbredd, som för att pumpa luft in i strupen och talorganen. Sedan sammanfattade han i ett antal enkla satser sitt ärende, som han ibland kallade budskap:

Det finns ingen Gud.

Messias har inte kommit, förmodligen kommer han aldrig.

Jesus var bara en vanlig, övermodig människa.

Frälsningen är en sjuklig känslostorm, ingenting annat.

Inget evigt liv är tänkbart. Men döden är evig.

Det finns inte något himmelskt Jerusalem, inga gator av guld, ingen pärleport, inga änglar eller serafer, inget Helvete, ingen försoning eller nåd, ingen tvagning i Gudslammets heliga blod.

Domens dag ska aldrig komma.

Ädlare blir aldrig tanken, högre når den aldrig än i förnekelsen.

Den helige Ande är ingen särskild sorts ande, han är som vilken ande som helst.

Och så vidare.

Om jag inte visste, sade Gideon och nöp försiktigt i sin orakade haka, om det inte stod klart för mig att det är du Olof Helmersson som talar och att det var du som en gång i tiden frälste min eviga själ, då skulle jag säga att du låter som en gudsförnekare.

Olof Helmersson hade undan för undan höjt rösten medan han utlade och förklarade sitt ärende, man kunde nästan tro att han talade till en hel församling när han fortsatte:

Ja, han förnekade sannerligen allt som han förr i tiden, för en mansålder sedan, hade intalat sig att han trodde på och allt som han i sin barnslighet hade hållit för heligt. Det hade tagit honom årtionden att komma fram till denna befriande förnekelse.

Gudsförnekare, det blir man inte i en handvändning!

Men äntligen såg han nu allting mycket, mycket klart. Det var denna klarsyn som nödgat och piskat honom att återvända hit till obygden. En starkare makt än hans egen vilja hade tillsagt honom att skaffa en hopfällbar cykel och giva sig av. Så att säga på den avslutande missionsresan.

Bygden var tvungen att snarast glömma allt som han för länge sedan predikat! Alla som han i ungdomligt oförstånd hade väckt och omvänt och frälst måste förlåta honom! Det var den bön han ville förmedla, det var summan av hans nya förkunnelse: Tillge mig mina villfarelser!

Och han lyfte händerna och spretade med de darrande fingrarna och vände ansiktet upp mot taket. Men det kunde ju den ende åhöraren inte se.

Först när hela det innersta Västerbotten hade nåtts av hans nuvarande ståndpunkt och meddelande och därefter förlåtit honom skulle han fara hädan i frid!

Jag för min del, sade Gideon, är ju inte gudsförnekare. Nej, långt därifrån!

Han var väl inte ens avfälling. Det enda som fattades honom var själva frälsningen. Och det var ju ingen som längre predikade, inga upphetsande tal förekom, de starkaste känslornas tid var förbi. Ibland hade han försökt sig på någon liten bön i sin ensamhet, liksom i tomme. Och han hade hört en eller annan andakt i radio, just före trädgårdsprogrammet, men likgiltigt och utan gripenhet. Många gånger hade han tänkt: Om Olof Helmersson kom tillbaka, om makterna lät honom återvända, då skulle han omvända mig igen. Vi var många som brukade säga det: Ingen levande varelse kan predika som Olof Helmersson!

Det är sant, sade Olof Helmersson, jag hade verkligen på ett sätt som jag numera beklagar ordet i min makt! Jag kunde utan tvekan göra min väldiga begåvning full rättvisa. Ja, det var en fröjd att predika. Det kan jag inte förneka.

Så att om du ville göra ett försök, sade Gideon. Du behöver ju inte tro. Det räcker om du predikar. Om du inte har blivit för gammal.

Olof Helmersson hade sänkt händerna och flätat samman fingrarna över bröstet, han skakade på huvudet.

Nej, sade han. Det kunde han nog inte åta sig. Det skulle allvarligt svära mot hans djupaste avsikter. Det vore ett förräderi mot den sak, gudsförnekelsens, som han numera företrädde.

Men efter en stund sade han med ett frågande tonfall: En huspredikan? Endast för dig?

Givetvis, sade Gideon och gned med handen bort någon sorts vätska ur ögonen. Endast här i beckmörkret.

Jag ska överväga det, sade den gamle väckelsepredikanten. För gammal är jag inte. En predikan är när allt kommer omkring bara en konstprodukt. Det handlar om en teknisk färdighet, ingenting annat. Gud vare med dig Gideon. Även om mitt svar sannolikt måste bli nej.

Innan han hunnit stänga dörren efter sig hörde han hur

cd-spelaren startade på nytt. Sven Lidman berättade, tillfälligt innesluten i Per Olov Enquists roman, att det innersta i honom lyftes fram, något vekt och mjukt, på en gång formbart och oförstörbart, som lyftes upp och ut ur alla de skal och förskansningar och murar och skyttegravar han byggt, bakom vilka det i skygghet och ömtålighet och oåtkomlighet levt sitt fördolda liv, en levande materia, på en gång smidigt och smutsigt, fegt och förrädiskt, halt och kallt, men som skälvde i en dröm om helighet, renhet, rättfärdighet, ljus och sanning.

Berättarens röst var lugn och saklig.

Olof Helmersson tog av sig sin svarta kavaj, vek samman den och klämde fast den på pakethållaren. Klockan visade att han med knapp nöd skulle hinna till middagsmaten som Asta lovat honom.

Då de om kvällen satt på verandan med sina kaffekoppar vågade han äntligen fråga om bönhuset. Stod det tomt? Kunde det fortfarande nyttjas för en predikan, om nu predikan var rätt term i sammanhanget? Ett slutgiltigt sanningens ord?

Vem hade nyckeln nu när Eberhard, ja i stort sett alla var borta?

Jag har nyckeln, sade Ivar.

## UR NORDISKT LEXIKON ÖVER PASTORER (BD II, S 368):

**Olof Helmersson**, f d pastor, Umeå, f i Yttervännäs 231130 av f d furir Helmer Strid, V-bottens regemente, o Maja, fader okänd. Kurs för evangelister Vilhelmina -40, Lidingö teol sem u ex, Kaggeholms fhsk, inskr Upps univ -42. Förbundssekr Vi väcker riket 44–47, pastor i skilda förs. Församlförest Avabäcks Fria Församling 53–59.

Helmersson företrädde i sin teologi och sin gärning en paulinsk och augustinsk frälsningsuppfattning. Hans predikokonst präglades av stor kraft, rik metaforik och en stark betoning av de eskatologiska och apokalyptiska perspektiven. Särskilt uppmärksammade blev hans väckelsekampanjer i ett antal församlingar i Västerbottens inland under mitten och slutet av 1950-talet. Under denna tid tillvann han sig stor respekt som s k radiopastor. Hans starka betoning av Andens roll i Treenigheten väckte betydande kritik inom EFS och Svenska missionsförbundet.

Efter en kritisk närläsning av Jakobs brev, vilken ledde till en djupgående andlig kris, avsade han sig sitt pastorsämbete och tillträdde en befattning som vårdare vid Umedalens sinnessjukhus. Därefter tycks han ha tjänstgjort vid länsfängelset i Umeå. Han synes under senare år ha avstått från allt deltagande i den aktuella teologiska diskussionen.

Bi C

Litt. Scripta minora 1999–2004. Mortimer: The Soteriology of O Helmersson (1981). Helmersson: Helnykterhet och helgelse (1955), Bunden och befriad (1960).

Företog han sina färder enligt en viss, bestämd plan? Eller for han omkring på måfå? Följde han en särskild, hemlig nådens ordning som fanns inskriven i hans utlevade minne, var det så att säga bygdens frälsningshistoria som i strikt kronologisk lagbundenhet styrde honom? Knappast. Då skulle han ha besökt Gerda i Inreliden, Jakobs Gerda, redan den första dagen. Och dessförinnan, först av allt, borde han ha sökt sig till bönhuset.

Nu stod de framför ingången, Ivar och han, Ivar hade den grova, rostiga nyckeln i näven. Ovanför portens dubbeldörrar hängde en gigantisk skylt av blålackerad metall med gula bokstäver av glas.

BYGDENS HUS

Vi fick skylten av staten, sade Ivar. Det finns ett särskilt ämbetsverk, Glesbygdsverket.

Vid sydsidan av trappan blommade redan bondpionerna i rabatten. Det är märkvärdigt med den rabatten, sade Ivar. En bördigare fläck finns inte i hela Västerbotten.

För Olof Helmersson kan de prunkande, rödblommande stånden inte ha varit något mysterium. Just där hade karlarna, de frälsta såväl som de ofrälsta, under alla åren i det förgångna spottat ut sitt snus innan de gick in till mötena.

Den rymliga tamburen var sig lik: de långa ådermålade hatthyllorna, klädkrokarna av förnicklad, här och var flagnad mässing, paraplystället som Eberhard Lundgren hade snickrat.

Men inne i salen, själva kyrkorummet, där var allt förvandlat.

Deförtitvå bänkarna med svängda ryggstöd var borta, likaså sångarnas estrad. Och fondens jättelika oljemålning av Jesus i Getsemane, den med klipporna som hade dolt Judas och de romerska soldaterna.

Som sagt, sade Ivar, här brukar vi äta blodpalten och köttsoppan efter älgjakten. Och han pekade på de masonittäckta långborden som ersatt kyrkbänkarna. Längst framme, där ateniennen för offergåvorna hade stått, fanns nu ett kvadratiskt bord med grön filtklädd skiva.

Vintertid brukar vi träffas här och spela poker, sade Ivar. Om söndagarna.

Men målningen av Kristus? sade Olof Helmersson. Förebedjaren?

Den vart ommålad. Och hamnade på älgskyttebanan.

Jag hade föreställt mig, sade Olof Helmersson, att jag en sista gång skulle kunna sammanföra församlingen. Och så att säga predika.

Nej, det var nu stört omöjligt. Bönhuset, sade Ivar, var inte längre en helgedom, hela byggnaden var även rent formellt avkristnad.

Men, invände Olof Helmersson, mitt budskap, mitt

ärende, är det rakt omvända. Det är avståndstagande och förnekelse!

Det saknade betydelse, förklarade Ivar. Gud som Gud. Man fick inte ta några risker. En pastor hade kommit utifrån kusten och förrättat själva avkristningen, en modern pastor i en Porsche, fråga var om han inte till och med gjort korstecknet. Därefter var huset helt och hållet världsligt, Gud skulle inte omnämnas, varken på det ena eller andra sättet. Inte heller Jesus. Fråga var om inte detta till och med stod skrivet i avtalet med Glesbygdsverket. Så att.

Avtal? Med Glesbygdsverket?

Vi får ju bidrag, sade Ivar. Underhållet. Och uppvärmningen.

Och predikstolen? frågade Olof Helmersson.

Bertil i Nybränna tog hand om predikstolen, sade Ivar. Den var liksom användbar, påstod han.

Den forne, numera på sitt vis pånyttfödde väckelsepredikanten gick fram till ett av de spetsbågade fönstren åt söder, med slutna ögon och händerna knäppta över buken blev han stående, då och då skälvde han till som om vinterkylan hade dröjt sig kvar därinne i Bygdens Hus. Ivar lät honom vara. Men han kunde nog inte låta bli att fråga sig: Vad tänker han? Vad far genom hans hjärna?

Det kan ingen veta. Men det är fullt möjligt att han i sin försjunkenhet återställde bänkarna med svängda ryggar så som de en gång stått. Och att han lät församlingen knäböja på de brunfernissade golvplankorna och lät böneropen och suckarna och ångestjämmern och lovprisningarna och till och med, rent undantagsvis, tungomålstalet stiga upp mot det vitmålade plywoodtaket och att han lät alla unisont – medan han själv försiktigt fingrade på knappdragspelet – sjunga Kom, du Andens eld från höjden, det kan också tänkas att han urskiljde och kände igen de enskilda rösterna. Att han en kort stund, blundande och tankfullt, låtsades att de inte alla var döda. Förlåt mig! mumlade han sannolikt. Förlåt mig!

Men om du vill komma hit åt vintern, sade Ivar, då kan vi dra en spader ilag.

Men Torvald i Lauparberg levde ännu, trots att han var jämnårig med Olof Helmersson och borde ha varit död. I Lauparberg, sade Asta, där händer ingenting. Men Torvald har varit i tidningen flera gånger. Och han har fått ett pris. Av landstinget.

Ett pris?

Jo, en plakett och ett pris. Men vi begriper ju ingenting.

Vägen till Lauparberg går över Handskberget, bakom Holmträsket och upp mot Malån vid Lapplandsgränsen. Alltså kom han att passera Klinten.

Dörren till Holmgrens hus var låst. Men bredvid dörrhandtaget satt ett brunt kuvert fasttejpat.

Lokalredaktören hade farit för att bevaka en händelse, det kunde Olof Helmersson naturligtvis inte veta. Skogsvårdsstyrelsen var på besök, kanske till och med landshövdingen. Eller miljöministern. Urskogen på Valdemar Lundgrens hemman, den som han sparat åt barnbarnen, skulle skyddas, kanske kunde hela gården upphöjas till nationalpark.

En generaldirektör, eller möjligen ministern, skulle på foto omfamna en urtidsgran.

På det simpla bruna kuvertet stod med kraftiga tuschbokstäver

*F d väckelsepredikant Olof Helmersson*

Han satte sig på trappan medan han läste. En helikopter for förbi högt uppe i skyn. Kanske landshövdingen. Eller generaldirektören. Det var så tidigt på dagen att han kunde sitta i skugga.

*När ryktet spred sig att deras konung hade kommit ridande till dem, då samlades allt folket på höjden ovanför lägret. Hur spred sig ryktet? Så fort och över så stora avstånd? Det kan ingen veta.*

*Det var inbyggarna i Morken och Björknäs och Träskliden och Kattisberg och Nyberg och Björkås och Anderstjärn och Torrberget. De stod alldeles stilla och häpnade.*

*Det var ganska sent på dagen, just vid den tiden när aftonvarden förbereddes. Långa bord på bockar hade arrangerats, dukar bretts ut, porslin och glas och bestick hade gjorts i ordning, det ångade ur stora kokgrytan, doften av lamm spreds över nejden.*

*Översten som förde befälet över alla soldaterna betraktade den västerbottniska inlandsbefolkningen, därpå gav han befallning om uppställning: Rak linje mellan lägret och folket, laddade vapen och bajonett på! Och han pekade med rak och utsträckt arm mot den fromma folkhopen. Ingen kan någonsin veta hur en revolution börjar.*

*Då råkade Karl den femtonde stiga ut ur sitt tält. Han hade badat i det medförda badkaret, han hade blivit friserad och fått skägget ansat. Och folket kände genast igen honom, alla hade sett hans porträtt, xylografiskt återgivet, i Fäderneslandet eller möjligen almanackan. Kvinnfolken suckade djupt då de såg honom, karlarna sträckte på sig och slätade till sina linneblusar, stolta att vara hans undersåtar. Nämndeman Lindblom steg fram och ledde dem alla i kraftiga leverop för Guds smorde.*

*Och Hans Majestät ropade Lediga! och Höger och vänster om! till soldaterna och tilldelade den kommenderande översten ett dygns husarrest. Sedan befallde han fram drycker åt folket, för kvinnorna, såväl husmödrar som pigor, champagne och åt männen ett brännvin som var kryddat med kummin, anis och fänkål, alltså den gamla norrländska akvaviten. Slutligen steg han till häst och trädde i skritt fram inför dem och talade och sade:*

*Jag har sett ert betryck och ert armod och er möda att spada upp och dika ut mitt rike och göra det fruktbart, jag och min regering och min riksdag och mina ämbetsverk har besynnerligen iakttagit era ansträngningar att gräva och hugga milslånga diken genom mina ofantliga myrmarker, myrar vilkas namn jag ännu inte hunnit lära mig. Storstarrmyren och Höbäcksmyren och Åmträskmyren och Raggsjölidsmyren och Sikbergsmyren. Vi har också beviljat er storslagna bidrag för ändamålet. Det ärende som fört mig hit är detta: Jag vill sträcka ut mina välsignande händer över myrdikena, jag vill nedkalla himlens nåd över er alla och över era hackor och spadar och mossyxor! Och över säden, i synnerhet säden! I skolen sannerligen veta att där jag rider fram tillväxer fertiliteten tiofalt, ja hundrafalt! Helgade vare även timotejen, rödklövern, havren och rödvenen! Gå nu i Herrens frid! I Guds livgivarens namn Amen! Skål! och Prosit!*

*När folket skingrades inne i moln av myggor som lockats fram av alkoholångorna och när aftonvarden var aväten, besteg Karl den femtonde på nytt sin oldenburgerhingst. Han red mot öster eller möjligen nordnordost, han rundade den närmaste viken, tog sig över ett lågt kalhugget berg, följde en smal bäckfåra ett gott stycke, nere i dälden fann han en gård, Gud vet vilken. Där övernattade han.*

På en liten gul lapp hade lokalredaktören bifogat en hälsning: De muntliga källorna är ännu i livet!

Torvald stod ute på gården i Lauparberg med en täljyxa i handen, han bearbetade ett meterlångt trästycke på huggkubben. När han upptäckte Olof Helmersson tittade han upp och frågade: Syns det vad det ska bli?

Dessvärre, sade Olof Helmersson.

Men han nämnde några möjligheter: Ett fågelbord? En stolpe till postlådan? En ny stötta för bodväggen?

Han hade hunnit se att den gamla var murken och på väg att gå av.

Det är det märkvärdiga med skapandet, ville Torvald påpeka. Då man skapar vet man egentligen ingenting om själva skapelsen. Och det färdiga verket. Det blir vad det blir.

Sedan sade han:

Du är alldeles oförändrad, Olof Helmersson. Du ser ut precis som du gjorde den där gången då du omvände mig.

Ingen annan har kunnat känna igen mig, sade Olof Helmersson.

De har inte blicken, sade Torvald.

Då räknade Olof Helmersson upp alla de förändringar som han genomgått, allt förfall som drabbat hans kropp under de alltför många år som han levat i Ume. Han hade i stort sett mistat håret. En patient på dårhuset där han arbetat hade slagit hans näsa sned. Ryggen var numera böjd och omöjlig att räta upp. Den präktiga muskulaturen på skuldrorna och överarmarna och låren hade upplösts till ett intet. Skinkorna hade förtvinat. Kinderna, ja till och med läpparna hade skrumpnat som skinnet på ruttnande potatis.

Det var inte det jag tänkte på, invände Torvald. Man ska inte fästa sig vid bagateller.

Och sedan: Vi kunde ju gå in i ateljén. Och få en kaffetår.

Ateljén? sade Olof Helmersson.

De var här från tidningen, sade Torvald. Och då vart huset liksom omdöpt. De sade att huset skulle heta ateljé.

Det var knappt att de kunde ta sig in i köket och fram till bordet och de bägge stolarna. Föremål av alla de slag fyllde golvet och trängdes på fönsterbrädorna och vedlåren och diskbänken, en del hängde till och med från taket.

Alla föremålen låter sig inte benämnas eller klassificeras. Men klart igenkännliga var trämortlar, mjölkkärnor, skålar av otaliga former och storlekar, egendomligt vuxna trädrötter och grenar, halva sidor av murknade stubbar, trästycken brända av åsknedslag. Och mer eller mindre begripliga och tolkningsbara skulpturer av brädlappar, kvistar, knappar, vrilar, näver och bark.

Torvald hällde upp kaffe åt dem ur en termos, de blev sittande tysta en stund. Deras blickar rörde sig fram och tillbaka mellan de oräkneliga konstföremålen, Olof Helmerssons en aning oroligt och rastlöst, Torvalds tillitsfullt och obekymrat.

Jag har fått ett pris och en plakett av landstinget, sade Torvald.

Då jag omvände dig, erinrade sig Olof Helmersson, då var du bara en enkel skogsarbetare.

För min del fäster jag mig inte vid berömmelsen, sade Torvald. Den världsliga berömmelsen. Man blir from på ett nytt vis då man viger sitt liv åt konsten. Jag tror att det var med den där omvändelsen som allting egentligen började.

Vad gällde konsten ville han särskilt framhålla att allt som kunde betraktas och beundras här kringom dem visserligen tycktes vara enbart ren materia, men att det i själva verket uteslutande var ande och andlighet. Han vågade faktiskt hävda att det gudomliga och heliga till alla delar genomträngde och fyllde det konstnärliga livet. Då han hörde en symfoni av exempelvis den där Mahler i radio var det uppenbart för honom. Det gällde att finna högheten och storheten hos en frilagd form eller kontur. För att inte tala om två former som fick förenas. Och då en skugga var så djup och svart att man såg evigheten. I Konsten fanns ingen synd utan bara helgelse och andakt och själslig uppbyggelse. Jag önskar, sade han, att jag fick böja knä vid din sida Olof Helmersson och föra dig till Konsten. Folket letar oavlåtligt efter ersättningar för Konsten. Kärleken är en ersättning för Konsten.

Det finns en återlösande kraft i Konsten.

Men nu knackade Olof Helmersson kraftigt med knogarna i bordsskivan och spände ögonen i Torvald.

Du använder en del ord och uttryck som jag numera inte vill ta i min mun, sade han. Jag skulle skämmas mig blå om jag använde de där orden. Fromhet och ande och gudomligt och heligt och synd och helgelse. Och återlösning. De orden är bara strunt och tomhet. Vidskepelse och villfarelse och bedrägeri. Du talar ett ogiltigt språk.

Och det ska du säga! utbrast Torvald.

Ja, det är det jag ska säga. Du har aldrig varit omvänd, Torvald. Det finns ingen omvändelse.

De hade båda blivit upprörda. De var tvungna att sörpla av kaffet.

Torvald försökte behärska sig när han frågade: Och vad mer är det som inte finns?

Gud finns inte, sade Olof Helmersson. Han har aldrig funnits.

Och vad är då själens kamp för att finna Gud?

Det är sjukdom.

Vad honom, Olof Helmersson, anbelangade hade han långsamt tillfrisknat från syndamedvetande och förlossningsglädje under de decennier som han varit borta. Och från predikandets skrattretande synd.

På dårhuset Umedalen fann jag människor som blivit galna av frälsningen, även sådana som jag själv hade frälst. Min hustru dog i de vidrigaste plågor trots att hon var frälst. Människans lidande är utan gräns, och ingen bryr sig. Kärleken finns inte, vi bara fortplantar oss. Sonen min for till Australien och glömde mig, det var meningslöst att sätta honom till världen, allt liv är meningslöst! Jag har studerat genetikens och fysikens lagar. Med all min tankeskärpa. Det är slumpen som styr universum.

Torvald hade själv snickrat fodralet till väggklockan av en urholkad trädstam, pendeln var ett kvinnobröst av alrot. Den hängde ovanför kommoden. Nu slog den tre. Torvald tycktes länge tveka innan han frågade:

Skulle du vilja se Gud?

Ja du Torvald, det skulle jag sannerligen! sade Olof Helmersson, och det var hån i hans röst.

Kom då så går vi, sade Torvald.

De rörde sig båda tämligen långsamt, marken var ojämn och tuvig, ogräset och videt hade inte slagits eller betats på årtionden. Torvald gick före, han hade en konstfullt skuren käpp i handen. Av och till var de tvungna att stanna och dra åt sig andan, värmen låg kvar över norra Norrlands inland och fjälltrakter. I skogskanten var granarna planterade med en meters mellanrum, de var aningen högre än de bägge åldringarna.

Ovanför den planterade ungskogen tog gammskogen vid, Lauparlidens och Lauparbergets nästan ogenomträngliga granskog som stått orörd sedan urminnes tider. Stigen som ofta var omöjlig att skönja förde dem förbi rotvältor och väldiga klippblock, de klättrade över störtade torrakor, de kravlade på alla fyra över strängar av stenskravel.

Vart för du mig? stånkade Olof Helmersson och spottade ut en tova skägglav som satt sig fast i hans mun.

Du ska få se, sade Torvald. Du ska få se.

När de äntligen var framme vid målet visade Torvald med högra handens fingrar mot läpparna att här skulle tystnad råda.

Det hade huggits en fyrkantig glänta i skogen, stammarna i ytterkanten var nedtill avkvistade till mäktiga pelarrader. Av allt det fällda virket hade Torvald timrat och yxat fram och skulpterat Gud.

Han var sex eller kanske till och med åtta meter hög, han hade armar och ben och stod stadigt förankrad i marken, från axlarna hängde en grov järnkätting, uppenbarligen en åskledare, han hade ansiktet vänt åt öster. Han. Eller hon. Huvudet och överkroppen var tveklöst en mans, den svarta kransen av skägg, de grova armarna och den storslagna bröstkorgen. Men den nakna underkroppen var entydigt kvinnlig, detaljrikt och utförligt snidad med slipade och rundade former.

På huvudet hade den en besynnerlig, skorstensliknande mössa med en smal, kupad skärm.

För en liten stund tycktes Torvald glömma sin följeslagare. Han tog av sig gummistövlarna och skred med stor värdighet och djupt allvar fram till Gud. Sedan ställde han sig på knä, i bön och andakt. Olof Helmersson stod nästan i givakt, hans gripenhet var tydlig.

På återvägen nedför Lauparberget, just vid övergången till själva liden, satte de sig bredvid varandra på en fallen trädstam. Torvald stödde hakan mot ormhuvudet som upptill avslutade käppen. Skogskovallen spirade redan vid deras fötter.

Och Olof Helmersson tackade för detta som han inte utan vedermöda förunnats att uppleva.

Det var så lite så, sade Torvald. Det var så lite.

Men det är en tung och svår väg du har till Honom, sade Olof Helmersson.

Det är meningen, sade Torvald. Vägen är inte tänkt för vem som helst. Gud ska inte behöva komma i tidningen. Utan helgelse får ingen se Herren.

Hebréerbrevet, sade Olof Helmersson automatiskt. Tolv och fjorton.

Sedan fortsatte han:

Det är också skrivet: Förbannad vare den man som gör ett beläte, skuret eller gjutet, ett verk av en konstarbetares händer, och som sedan i hemlighet sätter upp det.

Det är inte ett beläte, sade Torvald och stötte staven i marken för varje ord. Det är inte ett beläte, det är Gud.

Men, kunde Olof Helmersson inte låta bli att fråga, varför har han den där egendomliga huvudbonaden?

I Stockholm, sade Torvald, där står konung Karl den femtonde staty. Och han har en sådan på huvudet. Det är endast här i trakten som Gud har den sortens mössa.

De reste sig och vandrade dröjande och tankfullt ner mot gården. Medan de gick försökte Torvald ytterligare förklara hur han nått fram till den tro för att inte säga visshet som nu fyllde honom:

Det började med det enkla snidandet och hantverket, kniven och träbitarna och vrilarna och raspen och stämjärnen. Och hantverket förfinades och började benämnas hemslöjd. Utan att han avsett det utvecklades hemslöjden till konsthantverk och konsthantverket till konst. Och som sagt, konsten är gudomlig.

Det finns en rak linje, sade han, från det tankspridda snickrandet och hantverket över hemslöjden och konsthantverket till Konsten och Gud.

Och du är enden som har fått se Gud.

Innan de skulle skiljas, de hade slagit sig ner vid kvarnstenen som var bord i rönnbersån, tog Olof Helmersson försiktigt och prövande upp frågan om vad Gud kunde tänkas göra för honom, Torvald. Exempelvis i dödens stund och därefter. Men Torvald svarade undvikande, vagt och svårtolkat. Han hade gjort sitt bästa, sade han, varenda bit hade han impregnerat med kreosot och arsenik, sockeln tjärade han varje sommar. Den kommer att stå sig, försäkrade han. Den är ett förblivande verk.

Jag har även besökt Gideon, nämnde nu Olof Helmersson i förbigående. Gideon i Övre Klinten.

Han lär ha mistat synen, sade Torvald.

En tärande sjukdom på synnerven, sade Olof Helmersson. Han är stockblind.

Och Torvald erinrade sig: Jo, i ungdomen hade de varit oskiljaktiga, de hade snarat riporna tillsammans han och Gideon, sommartid jäste vi buliken tillsammans, om hösten brände och drack vi den tillsammans, de hade snickrat pipor och rökt den torkade röllekan, de hade liksom med ett enda gemensamt öga sett Ingrid Holmström bakom ett öppet fönster klä av sig för natten, ilag hade de skaffat en motorcykel, en Husqvarna nittiåtta kubik, i duett hade de sjungit med i Trodde du att jag förlorader är då den spelades i radio, gemensamt hade de mönstrat i tingshuset och blivit infanterister vid I-tjugo. Ja. Gideon.

Senare hade de tävlat om Isabella. Isabella Stenlund. Hon var som det värsta konstverk. De ville var för sig ha henne. Men hon lämnade sig åt Gud i stället.

Ja, sade Olof Helmersson. Det minns jag.

Och när allt var för sent i fråga om Isabella, då hade de bägge låtit omvända sig under samma eftermöte. Det var ett av de sista eftermötena innan han, Olof Helmersson, övergav dem och for Gud vet vart.

Det kan stämma, sade Olof Helmersson.

Gideon nämnde ingenting om allt detta?

Nej. Inte ett ord.

Det hade vi också gemensamt, sade Torvald. Vi sade ingenting i onödan. Det ligger i släkten.

Släkten? Vad var släkten?

Vi är tremänningar, Gideon och jag, förklarade han. Eller ännu mer.

Och denna släkt – han sade helst: denna ätt – den var även Isabellas, Stenlunds och Lundgrens och Holmgrens, ja också Lindgrenarna, i grunden var allt samma släkt, alla var ursprungligen Kvavisträskare. Själv var han fjölmänning med Isabella, för övrigt hörde även folket i Inre Yttervik dit, genom Alma, Ivars farmor, var de blodsförvanter med Lundgrenarna, hennes halvbröder var genom modern kusiner med såväl Eberhard som alla barnen i Nedre Klinten. Och då fick man inte glömma att de alla på sätt och vis var ättlingar till Dahlbergs i Kläppen. I synnerhet måste släktskapen med Olof Nimmernykter och oäktingen i Avabäck tagas med i beräkningen. Därtill härstamningen från Gumsehufvud, ädlingen som höll i svärdet vid Stockholms blodbad. Ja, i slutändan är vi alla släkt med oss själva.

Medan Torvald talade tecknade han med båda händerna i luften framför sig den invecklade och sinnrika släkttavlan, somliga personer återkom på tre, fyra, ja till och med fem positioner. Med pekfinger och långfinger visade han de otaliga förbindelserna framåt och bakåt och åt sidorna, med tummarna ritade han snedsprången och horungarna, hans kraftfulla handrörelser vävde samman hela det yviga släktträdets alla grenar och rottrådar, traktens unika släktträd.

Och de tio döttrarna åt smeden vid Flakabacken, de hade alla varit mer än lovligt fruktsamma, hela bygden var fylld av deras ättlingar, som i många fall hade avlat avkomma hos varandra, dock på anständigt håll så att ingen inavel uppstått; så var det ju exempelvis med Johanssönerna i Åmträsk och Inreliden; Jakob som tidigt gick bort i en olycka, Gerdas Jakob, var till exempel tremänning med sig själv. Fjölmänningar och femtmänningar var de allihop, somliga ovetandes kusiner. Och deras kusinskap innefattade, vid närmare påseende, alla byarna och enstakaställena mellan Avaberg och Kronotorpsvägen, således även Holmgrenarna och Erikssönerna i Granliden.

Ja, sade han avslutningsvis och lät händerna falla ner på kvarnstenen, om någon skulle vilja bevisa att skapelsens

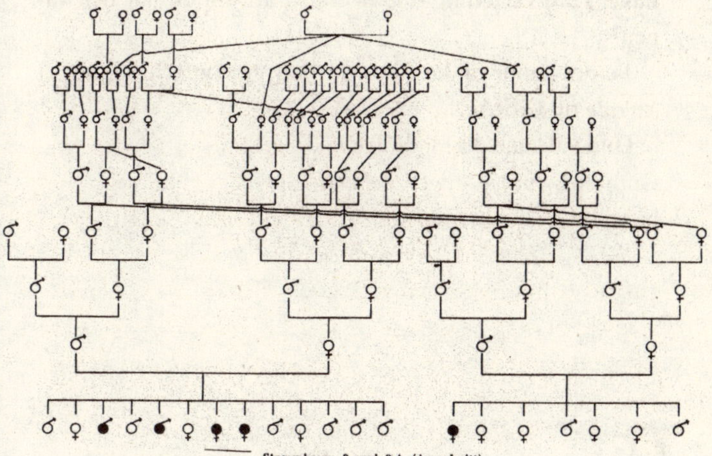

Stammbaum 3 und 3 A (Ausschnitt).

konstverk till alla delar var uppbyggt av samband och föreningar och länkar och fogar, då skulle han komma hit till trakten, här fanns bevisen.

Och då hade han, ville han tillägga, ändå i sin redogörelse finkänsligt undvikit att nämna den höga och nobla härstamning som hopsmält allt folket häromkring till en enastående och förnäm människoart, en folkstam som med utsökt och stolt självklarhet intog en särställning i Västerbotten, ja hela riket.

En kort stund försvann han därpå in i huset, när han återvände bar han i handen ett föremål inslaget i tidningspapper.

Den här skulpturen, sade han, vill jag att Gideon ska

hava. Han var tänkt åt Gideon. Så att om du har den vägen?

Ja, det kunde tänkas. Kanske hade han ytterligare något ärende till Gideon.

Gud välsigne dig, sade Torvald.

Men det skulle dröja en tid innan Gideon fick skulpturen och med en egendomlig blandning av fruktan och förväntan befriade den ur den hopknycklade tidningen, som överst på första sidan pryddes av en rentjur, travande under stjärnhimlen.

Om kvällarna satt Olof Helmersson hos Asta och Ivar i kammaren, hans urgamla och oförstående blick var riktad mot teveapparaten. Han tuggade nageltunna, saltade och stekta skivor av potatis alldeles som värdfolket. Asta hade satt ett par syrenkvistar i en vas, de slog ut och blommade.

Förmodligen ville han behaga Asta och Ivar när han av och till ställde en fråga:

Kommer hon verkligen att överge honom? Måste han oundvikligen dö, just när lyckan börjat le mot honom? Kommer den gamla damen aldrig att återse sin son? Är den sjukdomen dödlig? Återfinner han aldrig sin naturlige far? Är denna fiendskap oundviklig? Innan modern ens har kallnat på sitt läger? Finns det ingen nåd? I televisionen.

Och Asta och Ivar kunde alltid stilla hans oro. Om en

vecka återvänder de till varandra. Och han dör inte, lyckan ler oförtrutet och sonen återvänder till den gamla damen, samtidigt låter sig sjukdomen botas. Vid den kallnande modern, som mycket väl kan bli varm och livsduglig om fjorton dagar, återfinner han den naturlige fadern. Fiendskapen visar sig vara förklädd vänskap. Ett avsnitt eller två, sedan har allt ställts tillrätta igen.

Du ska få se att det ordnar sig, sade Ivar. I varje fall i efterhand.

Att han nu for till kyrkogården var naturligt, ja nödvändigt. Det var där de fanns, alla människorna som han velat nå med sitt ärende. Nästan alla.

Han vek samman cykeln och dolde den under ett vindfälle ute vid vägskälet.

Till kyrkogården, sade han när han steg på bussen.

I din ålder, sade chauffören, borde man inte skämta på det viset.

Sedan vandrade han sakta och eftertänksamt mellan vårdarna, på bänken mot Olasåkern åt han salladen som Asta sänt med honom, pasta med kassler och paprika.

Hela tiden muttrade och mumlade han, ibland höjde han rösten som om han var angelägen att någon skulle lyssna till honom. Han hade suttit i Ume och tänkt på dessa människor och räknat ut vad han skulle säga till dem. Under tiden hade de levat och dött och begravts. Nu låg de här. Han talade. Med dem? För dem? Om dem? Mot dem?

Ja ja, här ligger du fint. Kvällssol och utsikt mot Noret.

På sätt och vis liknar det sydsidan av Myrberg. Hemkänslan är en av de ädlaste känslorna. Var det i Holmgrens kök du blev frälst? Eller på ett av sommarmötena i Vormsele? Vi var mycket unga och mycket starka. Under kaffepausen bröt vi arm. Här kommer jag nu med förnekelsens evangelium. Bättre

JOEL LUNDBERG
Myrberg
1929–1985

sent än aldrig. Hjärtinfarkt? Hjärnblödning? Strupcancer? Du rökte pipa, vi bad att Herren skulle befria dig från piprökningens synd. Nå, vad du än dog av så var det genetiskt betingat. Tro inte något annat. Ingen ska återvända på himmelens skyar och

HOLMGRENS FAMILJEGRAV
Klinten, Inreträsk
BERTIL 1921–1996
KLARA 1924–1996

församla sina utvalda från de fyra väderstrecken, och han kommer näppeligen att vara omgiven av änglar och starka basuner. Basuner? Borde det inte vara buisiner? Eller tubor? Fast orgeln i Inreträsk, den glömmer jag aldrig. Gud vare lovad för orgeln. Herregud, detta musikaliska folk! Älskade före detta medmänniskor! Jag beklagar att vi missbrukade orgeln, att vi bedrog och missledde varandra inne i de brusande tonerna. Musiken lurar oss att tro på Gud. Johann Sebastian Bach och Otto Olsson är fruktansvärt förrädiska. De uppväcker våra själsliga lustar. För att inte tala om grammofonskivornas Einar Ekberg hemma i ert kök! Någonstans bland

RUNE ERIKSSON
Berget
1936–2003

alla skuggorna står Jesus. Ja, våra själar är fyllda av skuggor. Själen själv är så att säga en av skuggorna. Vi visste inte bättre. Jag visste inte bättre. Det finns ingen gräns för vad vi kan inbilla oss. Ser du efter ska du finna att där står han. Vad vi inbillade oss! Varför är ditt levebröd inte inristat i stenen? I TRON PÅ SIN FRÄLSARE: Jo, jag tackar jag! Men inte TJURHÅLLAREN, det duger inte i evigheten. Betäckningar och sädesceller, nej det är inte fint nog! Och ändå finns det

Makarna ELVIN och VIOLA LINDGREN
Kullmyrliden
Joh. 8:52

ingen annan fortlevnad än äggens och sädesvätskans. Jovisst, Johannes åtta och femtitvå. Den som håller mitt ord, han skall aldrig någonsin smaka döden. Välfunnet, mycket välfunnet: smaka döden! Häruppe på åsen, kära församlingsmedlemmar, lär den väl smaka grus och pinnmo. Jo, ni fick smaka den lik förbannat. Ursäkta

Hemmansägaren
SVEN MARKLUND
Nyliden
1930–2004

uttrycket, men nu när jag inte kan predika längre måste jag väl åtminstone få svära lite grand. Jaha, Sven, vi hade våra duster med djävulen. Dig fick jag nog frälsa sju eller åtta gånger. En frälsning kunde hålla ett par veckor, inte mer. Sedan återföll du i cigarettrökningens och svärjandets och småsupandets och horets och dansmusikens synder. Nu spottar vi i nävarna och tar nya tag i Jesu Kristi namn! sade jag. Nu ger vi Satan en omgång igen! Halleluja! Dog du frälst eller ofrälst? Nå, det

Redaktören

MANFRED MARKLUND

Avabäck

Hustrun EVA

spelar ingen roll, Gud ske pris, åt helvete med såväl synden som Satan och Nåden! Kära Manfred! Att vi skulle återses under de här omständigheterna! Broder! Avabäcks egen diktarfurste! Ack hur jag avundades dig! När du författade dina härliga notiser och dina poetiskt skimrande kåserier från bygden! När du fick se dem i tryck, stundom till och med utstyrda med vinjetten som du själv tecknat! Det tänkte jag ofta: Vilken diktare jag kunde ha blivit! Med min fabulösa begåvning. Vilka romaner jag kunde ha skrivit. Om jag bara inte hade predikat! Våra livsavgörande, bottenlösa samtal, nej jag glömmer dem aldrig! Och vad du lärde mig om konstnärskapets natur! Vi gör det bara på prov, sade du då du lät frälsa dig. Men om jag inte provar på fenomenet kan jag inte skriva om det i tidningen. Nu, i mitt åttifjärde år, förstår jag dig helt och fullt. Vi gör allting, allting på prov. Sov i frid. Tillsvidare. Och du

Hemmadottern

ANNA LINDBLOM

1904–1977

som sjöng så fromt och ivrigt fast något falskt. Dina kusiner ville inte ha dig med bland sångarna. De ligger här i samma kvarter ser jag. Med sitt absoluta gehör. Nu tiger ni så att säga i kör, det får de finna sig i. Evigheten, det kan du hälsa dem från mig, är en enda ändlös falsksång, en oavbruten vilsegång bland tonarterna. Do re mi fa sol la ti do. Om och om igen.

Han gick framåtlutad med kutande rygg, den gamla svarta kavajen hängde sladdrig och formlös över hans skrangliga kropp, den tunna kransen av vitt hår låg i tofsar ner över hans öron. Ibland snavade och vacklade han, när han med en hjälplös rörelse sträckte fram händerna mot de döda som låg i gravarna var han av och till på väg att mista balansen och falla. Djävlar! sade han då. Djävlar!

Hans röst blev ofta en aning gäll och halvt brusten, trots att han uppenbart ansträngde sig att tala varmt och förtroligt till sin gamla församling.

Så vandrade han omkring i en eller annan timme.

Slutligen stod han framför en låg och oansenlig sten av gråspräcklig granit

ISABELLA STENLUND

Inreträsk

Lukas 7:47

borta vid den västra muren, framför stenen var en frostskadad pelargonia nergrävd. Där blev han länge stående tyst, i tankspriddhet knäppte han händerna över buken, läpparna darrade svagt när han fuktade dem med tungan. Till sist sade han med en djup suck som fick hans luftrör att pipa: Jaha Isabella. Ja du Isabella.

Nu lades med ens en tung hand på hans sluttande, bräckliga axel. Snett bakom honom stod kyrkvaktmästaren. Hans ansikte var djupt rött, nästan flammigt av solen.

Du går omkring här och pratar, sade han.

Minnena trycker på, sade Olof Helmersson och sträckte fram handen för att hälsa. För ohyggligt länge sedan var jag själasörjare i norra änden av socknen. Det är jag som är Olof Helmersson.

Men kyrkvaktmästaren tycktes inte se den framsträckta handen.

Jag har följt efter dig en god stund, sade han. Du har pratat hela tiden.

När man återser sin gamla församling, sade Olof Helmersson, är det svårt att bara tiga. Hjärtat är fullt och munnen talar.

Det är förbjudet att tala med de döda, sade vaktmästaren. Kyrkorådet har förbjudit det.

Det kände jag inte till, sade Olof Helmersson.

Vi är goda protestanter, sade vaktmästaren. Vi förlitar oss på Martin Luther. Hos oss är de döda verkligen döda. Det är meningslöst att försöka prata med dem.

Men då kan det väl heller inte skada? sade Olof Helmersson.

De ska lämnas i fred. De ligger här i Guds åker och inväntar uppståndelsen. På den yttersta dagen ska de stå upp igen. Och ruska pinnmon av sig. Och Gud ska göra en ny himmel och en ny jord.

Nej, sade Olof Helmersson mycket energiskt. Det kommer aldrig att bli någon uppståndelse. Och den här eländiga jorden är den enda och slutgiltiga.

Han rätade upp sig så kraftfullt och stramt som han förmådde, med högra handen gjorde han en svepande gest mot hela den vida kyrkogården.

De är döda för evigt, sade han. I dödsögonblicket vart de samtida med orangutangerna och Darwins fossiler. De var vanliga däggdjur, ingenting annat. Sådana som föder levande ungar. Här är de nergrävda av hygieniska skäl. Evigt liv kan inte förekomma.

En liten reservation ville han tillfoga: Det kan tänkas att vissa virus har evigt liv. Men man måste då fråga sig hur det förhåller sig med medvetandet. I deras fall. Ett evigt liv utan medvetande förefaller en aning tomt. Som serieprogrammen i televisionen. Man måste så att säga sätta de bägge orden evigt och liv inom citationstecken. Och hur skulle det se ut om Kristus återkom och samlade all världens virus omkring sig. Cancervirus till vänster, snuva till höger.

Men varför pratar du då med de döda?

Som sagt, jag visste inte att det var förbjudet.

Och nu bekände kyrkvaktmästaren att också han ibland frestades att prata med alla de avlidna som han dagligen och stundligen hade omkring sig. Liksom för att trösta och ingjuta mod i dem. Dagen och stunden föreföll ju att dröja utöver avtalet. Vissa dagar tycktes de döda vara nästan oanständigt närvarande. Ingen vill vara död, sade han. Man blir ganska sorgsen när man tänker på saken. Man måste stålsätta sig.

Han hade nu lagt vänstra armen över Olof Helmerssons axlar och förde honom varligt mot kyrkogårdsporten, den som vetter mot Skolgatan.

Många, sade Olof Helmersson, har framkastat tanken att döden är ett slags sömn. Att man bara sover. Och drömmer.

Det är vackert, sade kyrkvaktmästaren. Men kyrkorådet har förkastat den tanken.

Fast i så fall, fortsatte Olof Helmersson, om den absurda föreställningen vore riktig, då skulle de döda kunna höra oss. Avlägset och dunkelt. Som man om mornarna kan höra den första nyhetssändningen i radio.

Jag sover i predikantsängen i Nedre Avabäck, tillade han förklarande. Med en transistorradio på nattduksbordet.

Dessvärre, sade dödgrävaren. Det är inte tillåtet att tänka på det sättet. Och för säkerhets skull gräver vi ner de bortgångna så djupt att inga röster ska kunna nå dem.

Du talar nu så att säga i tjänsten?

Givetvis. Man kan aldrig undgå att tala i tjänsten. Säg mig den som inte talar i tjänsten! Egentligen är jag förbjuden att yttra mig om livet efter detta.

Olof Helmersson tycktes inte ha något emot armen som lagts om hans axlar. Tvärtom, ibland lät han överkroppen väga över åt sidan och diskret ta stöd mot den storvuxne och muskulöse ledsagaren.

Anställningsavtalet, fortsatte vaktmästaren. Kyrkorådets reglemente. Och lagen om anställningsskydd. I synnerhet den artonde paragrafen.

Framme vid Skolgatans trottoar stannade de till. Kyrkvaktmästaren lyfte undan sin arm som ett tecken att den alltför pratsamme besökaren nu var fri att gå vart han ville.

Vad sade du att du hette? frågade han.

Olof Helmersson. Den store väckelsepredikanten. Det är jag.

Men vaktmästaren skakade på huvudet. Nej, någon sådan hade han aldrig hört talas om. Och väckelsepredikanternas tid var för länge sedan förbi.

Låt nu inte det här hända igen, sade han avslutningsvis. Och när Olof Helmersson började röra sig i riktning mot busstationen tillade han sakkunnigt: Du borde verkligen tänka på vad du säger. Du kan ju för egen del inte ha långt kvar.

Mellan Nedre Avabäck och Klinten finns Linuses. Kanske bodde Linus där på artonhundratalet, kanske grävde han diket ner mot Avaträsket, det kan ha varit han som lade upp stenrösena, möjligen högg han och barkade hässjevirket som ruttnar mot den ihjälfrusna häggen ute vid vägen. Vintertid var Linuses öde med igenrimmade fönsterrutor. Men om somrarna kom Kristina Lundmark och mannen som hon levde tillsammans med. Sannolikt ägde hon Linuses, hon hörde till släkten, på vilket sätt visste hon inte. Det var också vad hon sade till Olof Helmersson, han hade lutat cykeln mot stenstolpen vid infarten (förmodligen hade Linus klyvt graniten till stolpen) och gammalmodigt artigt frågat: Kan jag få sätta mig här på bänken och ta igen mig en stund?

Sätt dig var du vill, sade hon. Det är ingen särskild som rår om den där gamla bänken.

Hon var klädd i en blå overall, i handen höll hon en grep. Hon luckrade jorden i det lilla trädgårdslandet.

Jag vill alltid ha lite sallat, sade hon. Och dill och persilja och gräslök. Och rädisor. Till osten.

Förr i tiden, sade Olof Helmersson, kallades det där en karlasyssla i de här trakterna.

Han duger ingenting till, sade hon. Han är stockholmare.

Nej, fortsatte hon, förmodligen ägde hon inte den flagnade trädgårdsbänken där han nu satt sig, kanske ägde hon inte heller jordplätten som hon bearbetade, inte heller fanns något papper som visade att huset i lagens mening var hennes. Hon hade bara övertagit alltsammans, alldeles som hennes mor hade gjort före henne och dessförinnan hennes morfar, som i sin tur varit arvtagare efter sin mormor. Sådana har vi alltid varit i släkten, sade hon. Övertagandet gick i arv, det styrdes av en ärftlighet som var okänd söderut.

Ja, om han inte kände till den här delen av kommunen, han som utmattad slagit sig ner i hennes trädgårdsmöbel, så ville hon gärna låta honom veta att här levde ett folk av alldeles eget slag. Häromkring föll man inte till föga för myndigheternas stämplar och sigill och avlatsbrev och jakttider och vattendomar. Att tillhöra denna släkt, som ju innefattade allt folket i trakten, det var så sällsamt att sörlänningarna aldrig kunde begripa det. Vi kan sätta oss över det mesta, sade hon. Vi har det i blodet.

Men nu påpekade Olof Helmersson att han kände hennes trakt mycket väl, såväl trakten som folket, i varje fall den trakt som funnits och det folk som en gång varit i livet.

Det är jag som är Olof Helmersson, väckelsepredikanten, sade han. Jag omvände i stort sett allt folket. Jag förkunnade Guds ord i alla de sju församlingarna. Dessutom spelade jag dragspel.

Vi kan inte ha varit särskilt lättfrälsta, sade hon.

Frälsningen får man aldrig gratis, sade han. Man måste kämpa för varje själ.

Mannen som hon sammanlevde med hade kommit och ställt sig bredvid henne. Han nådde henne bara till axlarna, men han var bred och grov och hade ljusblå ögon och ett leende ansikte, som han nu vände mot Olof Helmersson. Kristina presenterade honom:

I södra Sverige har han ett namn. Här heter han bara Stockholmaren, sade hon och pekade på honom med sina jordiga fingrar.

Väckelser och omvändelser och frälsning, sade Stockholmaren. Ja, vi har kanske hört talas om allt det där. Men vi vet ingenting om det.

Frälsningen, undervisade Olof Helmersson, innebär att man överlämnar sig åt Gud och tar emot Jesus Kristus i sitt hjärta. Då befrias man från synden. Och den jublande själen vinner evigt liv.

Jaha, sade Kristina Lundmark medan hon med grepen vände ett par jordkokor, då kan du ju försöka med oss, mig och Stockholmaren.

Trädgårdsbänkens säte bestod av smala ribbor som skar in i Olof Helmerssons beniga skinkor. Han försökte räta upp sig och sätta sig tillrätta medan han sade:

Det är oerhört länge sedan. Ni bägge var inte ens födda. På femti år har jag inte frälst en själ. Gud ske pris.

Nej nu, så att säga på den sista resan, var hans mission den rakt motsatta: att övertyga de frälsta om frälsningsbudskapets falskhet och lögnaktighet, att än en gång omvända dem, fast nu åt motsatta hållet. Decenniers grubbel och forskningar och tankemödor hade lett honom fram till den orubbliga övertygelsen att det inte existerade någon Gud överhuvudtaget, att Kristus bara varit en av hundratals överspända profeter vid tiden omkring Kristi födelse, att människan var ett själlöst kreatur i likhet med tamboskapen och att inga änglar svävade i rymden.

Jaha du, sade Stockholmaren som ganska snart skulle få sitt rätta namn skrivet i tidningarna, jaha du, då får du ett litet helsicke med oss här hos Linuses. Du måste först väcka och frälsa oss innan du kan avfrälsa oss.

Men då skakade Olof Helmersson energiskt på huvudet och viftade i luften med högra handens upprörda fingrar. Nej, något sådant behövdes verkligen inte! Han ville snarast lyckönska dem, bägge två! De befann sig i oskuldens och ovetenhetens tillstånd. Ett tillstånd där Gud varken fanns eller inte fanns. Och det var i grunden detsamma som Nådens tillstånd.

Sedan nämnde han att han egentligen var på väg till Gerda, Jakobs Gerda, Gerda i Inreliden.

Ja, sade Kristina, det är obegripligt, detta med Gerda. Hon har legat för döden i ett par år. Men det blir liksom aldrig av för henne.

Varje vår när hon och Stockholmaren återvände från södra Sverige brukade hon fråga grannarna om Gerdas begravning, om hon inte äntligen fått dö nu under vintern, det är ju i den värsta kylan som åldringarna dör. Gerda var en av hennes nära släktingar, hur nära kunde hon inte säga. Eller om det hade varit Jakob en gång i tiden. Men nej, ingen vinter hittills hade varit sträng nog för Gerda. Det sades allmänt att hon väntade på något. Eller någon. Det var därför hon inte kunde förmå sig att i rättan tid och anständigt dö. I släkten fanns denna ofattbara envishet, det var den som höll henne vid liv.

Det är väl aldrig dig hon har väntat på, sade hon till Olof Helmersson.

Nej, sade han, det ska gudarna veta! Det kan sannerligen inte vara jag!

Om man går till fots från Linuses till Inreliden, då följer man Lindblomsstigen, stordikesvägen, den numera igenvuxna, endast på generalstabskartorna synliga stig som gamle Lindblom gick när han skulle provligga hos pigorna i Nedre Avabäck. Så ofta och tungt gick han att stigen stundom liknade en bäckfåra. Men den som färdas på cykel kommer oundvikligen förbi Klinten. Och Holmgrens, alltså lokalredaktionen.

*Hans Majestät Konungen hade utan åthävor helt gement slagit sig ner vid köksbordet. Ur fickpluntan av silver hällde han upp supar åt sig och värden. Prosit! sade majestätet. Prosit, Ers Majestät! sade värden.*

*Du nämnde ditt namn, sade konungen. Men jag har glömt det.*

*Linus, sade bonden. Och min gård kallas helt simpelt Linuses.*

*Jag vill lyckönska dig till det mäktiga diket som du*

*grävt, sade kungen. Ända ned till sjön. Vad sade du att sjön hette?*

*Avaträsket, Ers Majestät. Närmare bestämt Stora Avaträsket.*

*Och doften av kåda från det nybarkade hässjevirket trängde ända hit in.*

*Präktigare hässjevirke såg jag aldrig. Gratulerar även till hässjevirket!*

*Tack, Ers Majestät.*

*Prosit!*

*Prosit, Ers Majestät.*

*Och snart är det tid för kvällsmjölkningen?*

*Ja, Ers Majestät.*

*En fastighet som denna, sade kungen, föder naturligtvis en aktningsvärd kreatursbesättning.*

*Jag har två kor, sade Linus. En vit och en svartprickig. Den vita heter Sköna och är skällko, den prickiga är Pärla.*

*Nå, sade Karl den femtonde, de förökar sig! Av kalvarna blir rekorderliga kor!*

*Kalvarna, sade Linus, dem saltar vi ner om hösten. Utom ett par skankar som vi torkar mot murstocken.*

*När alla dina diken är grävda kommer myrjorden att ge dig hundrafalt! sade kungen.*

*Jo, sade Linus. Om Ers Majestät säger det så.*

*Och nu till kvällsmjölkningen! sade kungen.*

*Pigan och hustrun var redan i ladugården, majestätet lovordade de kritade väggarna och kornas egen pelargon i fönstret. Därpå tog han resolut spannen ur pigans hand och satte sig på pallen hos Sköna. Han tog av sig den konstiga höga mössan med kupad skärm och stödde det väldiga huvudet mot hennes tunga buk.*

*Först, sade han, utför jag det konststycke som heter Giva Ned!*

*Och med bägge händerna tog han tag i juvret och smekte och bultade och knådade det uppifrån och ned, med fingertopparna sökte han sig till de mjölkförande ådrorna och körtlarna som han samvetsgrant masserade. Linus och hustrun och pigan stod kvar bakom gödselrännan, de kunde eller vågade knappast blinka medan de betraktade kungens kloka och sakkunniga händer.*

*Och nu till själva mjölkningen! fortsatte han.*

*Med högra handen grep han Skönas vänstra, främre spene, med den vänstra hennes högra bakre. Med ett väsande, nästan visslande ljud började mjölken spruta ner i spannen som han klämt fast mellan sina bastanta lår.*

*Hustrun och pigan slukade med blickarna händernas och fingrarnas kraftfulla men samtidigt ömma rörelser, det bestämda och rytmiska kramandet uppifrån och ned, det glidande och fallande greppet om tissarna från tummarna och pekfingrarna till lillfingrarna, musklernas och senornas spel på kungens blottade underarmar och handlovar. Något sådant hade de aldrig förr sett eller varit med om.*

*När pigans spann var full räckte han den till Linus, sedan fortsatte han med hustruns.*

*Slutligen var också den fylld till brädden. Sköna hade*

*alltså givit ifrån sig fyra kannor, det vill säga den tredubbla gängse kvällsmjölken. Överst på det feta skummet skimrade en liten, liten droppe blod.*

*Hon skulle sannerligen pryda sin plats till och med i min egen ladugård, sade kungen. En ypperlig ko, denna Kröna.*

*Sköna, sade Linus.*

*Alla varelser är delaktiga av Guds nåd, sade kungen. Även fäkreaturen. Gud är den store förbryllaren.*

Då Olof Helmersson äntligen kom till Gerda i Inreliden var Asta redan där, hon bad honom vänta i köket, ännu hade hon inte utfört allt som utsades i arbetsbeskrivningen. Väggklockan hade stannat på halv sju. Senare frågade han Asta: Drar du inte Gerdas klocka?

Nej, det stod inte skrivet. Hon hade till och med frågat myndigheten inne i samhället. Men hon önskade att det hade varit tillåtet.

Bredvid klockan hängde ett foto i en ram av imiterade snäckskal, en mycket ung man i uniformsjacka, hans blick tycktes vara fästad vid spiselkransen.

Jo, bekräftade Asta som just kom ut ur kammaren med en gul plasthink i handen, det ska ha varit Jakob, den Jakob som gett namn åt Jakobs Gerda. Det spred sig en söt, motbjudande stank ur hinken. Efter en stund återkom hon med en bunt ljusgula trasor som hon bar med gummihandskar. Också ur dem kom en kväljande lukt av plågor och ålderdom. Jag har inte sagt att du är här, sade Asta. Man kan aldrig veta vad hon tål. Och jag har ju inte råd att mista henne.

På bordet låg en tidning sammanvikt, den var tre år gammal. Trasmattorna var hoprullade invid väggarna. Radioapparaten, ställd på högkant, hade högtalarna vända mot boaseringen, blomkrukorna i fönstren var tömda på jord och blommor.

Innan Asta gav sig av påpekade hon: Du måste vara försiktig. Du får smyga dig in. Om hon har somnat får du inte väcka henne. Hon sover tjugo timmar om dygnet. Säg ingenting som kan oroa henne. Hon är som en fröpensel av himmelgräset. Hon vet inte längre vem du är.

När han varsamt öppnat kammardörren och stod på tröskeln vred Gerda huvudet och såg på honom med sina genomskinliga, nästan färglösa ögon. Orden kom långsamt och en aning trevande då hon talade, men rösten var lika ljus och klar och fri från darrningar som för femti år sedan:

Så där är du äntligen, Olof Helmersson. Jag har väntat på dig. Det är dig jag har väntat på.

Jag blev en aning fördröjd, sade han. Jag blev uppehållen på en del ställen. Men jag har aldrig glömt dig under de här femti åren.

Förtiåtta år och tre månader, rättade hon.

Dessvärre hade jag aldrig vägarna åt det här hållet, sade han. Livet är egentligen för kort med tanke på allt som ligger över oss.

Huvudsaken är att du ändå kom tillbaka, sade Gerda. Det finns naturligtvis ingen gräns för vad du har att uträtta. Strängt taget behöver ju hela världen frälsas.

Och sedan, efter en stund: Jesus Kristus ska också komma tillbaka.

Han hade lyft fram en av pinnstolarna till sängkanten och satt sig.

Hon sträckte ut ena handen mot honom och han klappade den försiktigt. Den gulvita huden stramade över hennes höga panna och de kraftiga kindkotorna. Han kände med fingrarna prövande på sitt eget ansikte. Ja, där fanns ännu lite kött här och var under skinnet.

Här ligger jag på mitt yttersta, fortsatte hon. Jag har legat på mitt yttersta i tre år nu.

Mot tiden är vi fullkomligt hjälplösa, sade han. Tiden är övermänsklig och översinnlig. Själv cyklar jag omkring på mitt yttersta.

På lavoaren låg hennes gitarr, han kände igen den. Ovanför sängens huvudända hängde en fiol, sannolikt hade den tillhört Jakob. Under fönstret stod det svarta orgelharmoniet med locket nerfällt över tangenterna.

Aldrig under alla de här åren har jag tappat tron, sade hon. Man blir seg av att tro.

Hon tystnade en stund för att hitta de rätta orden.

Men ibland, sade hon sedan, har den fladdrat och varit ostadig, tron. Trons ljus har liksom blinkat just innan strömmen ska gå.

Nu klappade han än en gång hennes hand, även som gudsförnekare var han alltså själasörjare. Hon lyckades aldrig riktigt fylla bröstkorgen med luft, därför var hon tvungen att skjuta in små andetag mellan vartannat eller vart tredje ord:

Då jag har låtit tankarna fara till Jakob, då har jag nästan glömt bort att tro en liten stund. Och då jag kommer ihåg lillflickan, Jakobs och min lillflickan, då ser jag bara henne och dockan som hon brukade ha fastknipt i armvecket, jag ser inte Kristus och tron. Man är ju egentligen tvungen att tro samtidigt med allting annat. Och där brister jag. Det är ett lidande för samvetet.

Lillflickan? sade Olof Helmersson. Var finns hon nu?

Gerda svalde flera gånger i tomning, kanske försökte hon till och med harkla sig innan hon visste hur detta skulle sägas:

Då Herren första gången sände dig hit, så att säga ursprungligen, då var hon redan borta. Men du ska ju få möta henne inne i Evigheten. Där vi alla ska samlas. Du kommer genast att känna igen henne. Hon har rött hår och fräknarna och som sagt en docka under armen.

Därpå återgick hon till sina tankar om tron:

En enda kraft kunde ge stadga och fasthet och beständighet åt tron, och det var Sanningen, den eviga Sanningen. Utan Sanningen flämtar och darrar tron. Och ingen ägde Sanningen såsom han, Olof Helmersson. Då han predikade eller ledde församlingen i bön, då var tron en enda strålkastare. Ljus och Sanning! Han var den ende som kunde hjälpa henne. Med den Sanning som består.

Och det är därför, sade hon, som jag har väntat på dig. Min väntan har varit så allt överskuggande att jag inte kunnat unna mig att dö.

Solen genom fönstret bakom orgeln hade nått kudden och hennes ansikte. Jag kan dra för gardinen, sade han.

Nej. Hon ville se ljuset. Varje dag gladde hon sig den här stunden åt ljuset.

Det var gott att höra, sade han, att frågan om sanningen hållits vid liv häruppe i Inreliden. I den övriga världen, sade han bittert, var denna fråga i stort sett glömd. Själv hade han oavbrutet kämpat med den under de femti eller förtiåtta år som han varit borta, likgiltigt vilket. Nästan vad som helst var möjligt att säga om sanningen. Att yttra sig om sanningen var å ena sidan rena barnleken, å andra sidan det mest dödliga allvar. Det är sanningen som ska göra oss fria. Den som gör sanningen, han kommer till ljuset. Vi måste tåla varje sanning, även den som förintar oss själva. Den sprider sitt ljus i alla riktningar. Sökandet efter sanningen har sina rötter i rättfärdigheten. Misstron är den enda vägen till sanningen. Alla sanningar är krokiga. Kärleken har sin glädje i sanningen.

Det är märkvärdigt, sade Gerda, hur lugn och trygg jag blir av att höra din röst, Olof Helmersson. Nu när du är här hos mig oroar jag mig inte längre. Gud ske pris att du kom tillbaka. Du behöver bara säga ett enda ord, så försvinner all min ängslan. Jag visste det hela tiden, jag har aldrig tvivlat.

Sedan sade hon: Men postbilen kommer inte längre. Och telefonen har inte ringt på flera år.

Ja Gerda, sade han, här lever du skyddad och befriad från allt det världsliga och överflödiga.

Nu är jag trött, sade hon.

Ja, vetskapen att han på nytt var hos henne hade fyllt hennes själ med en sådan frid att hon ovillkorligen ville sova. Och nu skulle han komma till henne var eller varannan dag. Tills allt var över.

Ja, sade han som cyklade omkring på sitt yttersta, därom kan du vara förvissad. Hur skulle jag kunna svika dig?

På hemvägen såg han att det lilla trädgårdslandet vid Linuses nu var helt iordningställt. Mellan bäddarna var gångarna ordentligt tilltrampade, de sådda raderna var mönstrade med krattan, små trälappar som stuckits ner i jorden markerade sorterna. Kristina Lundmark satt på bänken där han förut suttit, på trappan satt Stockholmaren och rökte en cigarett.

Innan han än en gång kröp ner i predikantsängen frågade Asta: Gerda kände väl inte igen dig?

Det är tveksamt, sade Olof Helmersson. Jag är ju vid Gud inte densamme.

Hände då ingenting annat i bygden under de där dagarna, nej inte dagarna utan veckorna eller månaden då Olof Helmersson som en gengångare for omkring och visade sig i än den ena än den andra gården? Ja, det var han själv som sade så, gengångare, förmodligen fylld av en insikt som drabbade honom efter det första besöket hos Gerda, Jakobs Gerda i Inreliden: Jag är bara en osalig ande, jag går igen eftersom jag inte kan få frid i min själ, det är endast strikt formellt som jag inte är död. I verkligheten är jag och mina samtida döda sedan decennier. Men någonting i det förgångna tvingar oss att dyka upp hos de efterlevande.

Naturligtvis: det hände åtskilligt. Längre fram skulle ingen säga: Det var den där sommaren då väckelsepredikanten Olof Helmersson cyklade hit och dit här i trakten. Nej, man skulle så småningom benämna sommaren efter Stockholmaren.

Du har inte dragspelet med dig?

Det var det första som Gerda frågade då han nästa gång

kom till Inreliden.

Nej, var han tvungen att förklara för henne, dragspelstiden var för länge sedan förbi. På flera årtionden hade han inte tagit dragspelet i sin famn. Vi som levde förr i tiden var visserligen mottagliga för innerligheten och det allvarliga vemodet i dragspelets toner, kanske också för den diskreta och förstulna sinnligheten, men den mottagligheten saknas hos de nu levande. Och vi vålnader har annat att tänka på.

Ingen blir idag gripen av dragspelsmusiken.

Det alldagliga inträffade eller förelåg. Vissa dagar stod det i tidningen.

Brandkåren kom till Nedre Avabäck med två stora bilar och slangar och sprutor och en eldkastare och brände upp skolhuset, det hade stått oanvänt i tjugo år och var svårt förfallet.

Barn och barnbarn som flyttat till södra Sverige och blivit lärare återvände för sina sommarlov. Det hände att Olof Helmersson försökte samtala med dem. Men de log bara medlidsamt och aningen högmodigt åt hans utläggningar, de visste redan att Gud inte finns.

En norsk turist som kört vilse kom till Träskliden, han trodde sig vara på väg till Arvidsjaur. Man bäddade åt honom i professorssängen, den utdragssäng där professor Boklund, konstmålaren, fått övernatta en gång för mycket länge sedan då han i sin bottenlösa berusning inte kunnat ta sig tillbaka till kungalägret. Just den dagen hade han målat

”Norrländsk rökbastu”.

Postbilen fick en förmiddag motorstopp på vägen upp till Gårdbäck och måste bärgas.

En utflyttad gammal författare hade återvänt för att sitta i Alexander Bomans uthus och en aning sorgsen skriva sin sista bok från en hembygd som han ofta beskyllts för att själv ha uppfunnit.

Biodlarna såg fram emot den bästa sommaren i mannaminne, det stod i tidningen. Redan var den första honungen slungad, slyhonungen. Ändå hade många samhällen strukit med på grund av den ovanligt stränga vintern. Vilket framgått av tidigare underrättelser från vår korrespondent på orten.

Under ett par dagar kom regn, ett regn av den där stillsamma västerbottniska sorten som tunnats ut och förädlats under färden över fjällkedjan. Då låg Olof Helmersson stilla i predikantsängen och såg upp i det vitlimmade taket. Av och till läste han, liksom för säkerhets skull, i den enda bok som fått plats i hans lilla väska:

Vem uppfann Jesus? Det var Markus, en fri författare som sannolikt var helt i händerna på beställare och sponsorer. Han torde ha hört till kretsen kring aposteln Paulus, han skrev allt som eventuellt kunde behaga honom och de så kallade församlingarna.

Ett stort och rikhaltigt stoff fanns till hans förfogande: de grekiska gudarnas öden, den mest närliggande judiska historien, uråldriga myter om död och uppståndelse, otaliga berättelser om hebreiska profeter under det senaste århundradet. Han var, enkelt uttryckt, en predikant fri att utforma sitt eget evangelium.

Men vem var Markus, diktaren bakom myten? Hans författarskap är ett av de mest plagierade i litteraturens historia. Men som människa är han lika okänd och tvivelaktig som den mest lysande av de gestalter han diktade, profeten och väckelsepredikanten Jesus från Nasaret.

Eller:

Vår tids största fara är den världsliga kristendomen; inom ett socialt-etiskt tänkande i Kants efterföljd dröjer sig kristendomens gift kvar. Mot allt förnuft finns ännu i breda lager en törst efter helighet och en hunger efter sakrament, kort sagt efter frälsning. Trots att nutidens människa verkligen inte behöver någon frälsning, hon är redan frälst, de enorma vetenskapliga och tekniska framstegen har frälst henne. Förnuftets främsta uppgift i vår tid är skolningen av medvetandet, förkunnandet av den mänskliga tankens supremati. Ingenting, absolut ingenting, tyder på att någon annan tanke än människans skulle finnas i universum.

Bara han inte blir sjuk och dör här hos oss, sade Asta till Ivar. Han måste ju begravas.

Kommunen får kremera honom, sade Ivar. Och skicka askan till Ume.

Men han blev inte sjuk, han blev aldrig sjuk numera. I ungdomen, under väckelsens år av hänförelse och hetta, hade han insjuknat gång på gång: febrar, inflammationer, bölder. Men sedan han övergav och förkastade kristendomen hade inga sjukdomar drabbat honom. Sura uppstötningar och magkatarr, ingenting annat.

Och när regnet var över knöt han sin slips och klädde sig i den svarta kavajen och gav sig av igen.

Ivar hade fått upprepa ett namn för honom: Bertil i Nybränna, han som för länge sedan tagit hand om predikstolen i Nedre Avabäck. Honom minns jag inte, sade Olof Helmersson. Nej, jag har nog aldrig träffat honom.

Halvvägs uppför liden mot Nybränna finns en kallkälla, vattnet strilar fram mellan två stenblock intill vägrenen. På en märla som slagits in i graniten hänger en emaljerad skopa. Då han druckit muttrade han för sig själv några ord som alldeles opåkallat, ja ovälkommet for genom hans huvud, han sade dem högt, liksom för sig själv: En ström med levande vatten, klar som kristall.

Nej, de kände inte varandra, han och Bertil i Nybränna. Ändå, sade han sedan de hälsat, måtte vi väl vara i stort sett jämnåriga.

Ja, det kunde nog tänkas; trots att besökaren kommit hurtigt trampande uppför liden föreföll han på nära håll betänkligt förtorkad och maskstungen. Man stiger, sade Bertil i Nybränna, mot allt större värdighet och förnämhet, särskilt i vår släkt här i trakterna. Men man murknar inifrån.

Bertil i Nybränna hade fått behålla sitt hår, det var inte ens fullständigt vitnat. Och tänderna som han blottade då han skrattade åt sina egna ord om den inre murkenheten såg ut att vara hans egna. Men ögonen var djupt insjunkna bakom veck och rynkor, struphuvudet hade växt och förstorats framåt så att det kunde tjäna som stöd för den darrande hakan. Och då han försökte tända den korta och krokiga pipan misslyckades han upprepade gånger på grund av huvudets skakningar.

Du ska inte bry dig om att jag skakar på huvudet, sade han, jag har skakat på huvudet hela mitt liv, själva tillvaron är sådan.

Liden bredde ut sig nedanför dem, kalhuggen för några år sedan men nu täckt av ljusgrönt sly, asp och björk och vide. Vid den avlägsna skogskanten skymtade de grå plåttaken i Ytterbäck. Bortom skogen, djupt under dem, skimrade Avaträsket med alla sina vikar och holmar. Skogen på andra sidan sjön var djupt blå och tycktes darra i solljuset, det var omöjligt att se var kronoparkens granplanteringar slutade och himlen tog vid.

Du kom aldrig till mina möten, sade Olof Helmersson.

Nej sannerligen! En enda gång hade han tittat in i bönhuset i Nedre Avabäck, folket satt redan i bänkarna och väntade på själva mötet. Holmgrens och Gideon och Torvald och Jakobs Gerda och Stenlunds, kanske även Isabella, ja alla, hela den vidunderliga släkten, folket däri Linuses icke att förglömma, han hade endast kastat en hastig blick på hela eländet, sedan hade han sprungit liksom för livet.

Du gick miste om många goda predikningar, sade Olof Helmersson.

Herregud! Predikningarna kunde han utantill utan att ha hört dem! Jesus Kristus världens frälsare och träldomen under synden och det eviga livets vatten och den yttersta domen och Guds änglar som far upp och ner och de sju församlingarna som övergett sin första kärlek men ändå skulle vinna livets krona. Den lame icke att förglömma, han som reser sig upp och tar sin säng och går. Och havet som ska ge igen de döda, även om de legat på bottnen i tusentals år. Redan i småskolan hade han hört dessa frånstötande predikningar.

Och han tillade: Genom barndomens alla år hade han betraktat föräldrarnas gudfruktighet med avsky och skam. Ja, hela den oöverskådliga släktens gudfruktighet. Med sorg och beklämning hade han spanat efter det förnuft och den intelligens som ändå fanns i generna.

Det var därför och på det viset som han började skaka på huvudet.

Det gjorde du alldeles rätt i, sade Olof Helmersson. Själv skakade även han numera på huvudet, fast på ett bildligt vis.

Inbillningar och fantasifoster, sade Bertil i Nybränna. Orimligheter, förfalskningar, hysteri, villfarelser, bedrägerier. Det är en helig plikt för varje tänkande människa att försöka utrota alla vidskepligheter från jorden! sade han.

Ja, instämde Olof Helmersson, där sade du ett sant ord.

Och jag var ju i timmerskogen, sade Bertil i Nybränna. I timmerskogen finns inte anden utan bara materien.

Men det påstås, sade Olof Helmersson med en lätt huvudskakning, att du trots allt har tagit hand om själva predikstolen från Nedre Avabäck.

Jo, det hade han förvisso gjort.

Nu var det alltså på det sättet att han, Olof Helmersson, hade gripits av en obetvinglig lust att återse det där gamla fyrkantiga föremålet som en gång för länge sedan, före hans tid, hade snickrats av Olof Lindgren på Kvarnåsen. De döda föremålen kan under vissa omständigheter angripas och smittas av andligheten, de träder i förbindelse med våra själar. Då måste vi göra oss fria. Därför ville han en sista gång se predikstolen så att han fick tillfälle att förneka och förkasta, i nödfall till och med förbanna den.

Självfallet, sade Bertil i Nybränna. Ja, det var uppriktigt sagt en glädje för honom att få förevisa den samling av predikstolar som han lyckats hopbringa.

Och med pipskaftet pekade han ut vilken väg de skulle gå, snett uppåt backen, förbi redskapsskjulet och vedboden.

Där, på den tilltrampade åkerkanten var predikstolarna prydligt uppställda, de sju som hört hemma i själva bönhusen och de fyra bärbara för utomhusmöten och tältmöten. I mitten, något högre än de andra, stod predikstolen från Nedre Avabäck, det enda ordet JESUS i bronstinktur var ännu läsbart. Och tillsammans kunde Olof Helmersson och Bertil i Nybränna identifiera och placera även de andra: Vormträsk och Kattisberg och Åmliden och Lillholmträsk och Lillsjöliden och Morken. De tolkade också de fragment av bokstavstecken som ännu kunde urskiljas

JOH 3:16

KRISTUS LEVER

SE GUDS LAMM

Och så vidare.

Fast jag har ju fått bygga om dem en aning, sade Bertil i Nybränna.

På den tiden då han var i timmerskogen och slet ont, då låg det ofta böcker i rastkojorna, gudvet hur de kommit dit. Kärlekens hemlighet av Mathilda Roos. Vampyrernas natt. Så vill kvinnan bli älskad. Tjo flöjt, sa Janne Vängman. Handbok i livräddning för skogsarbetare.

Där, i en koja utanför Lossmen, således på kronoparken, hade han funnit Kupsnickaren av Alexander Lundgren. Den boken gav hans liv en ny inriktning.

Predikstolarna var uppställda på bockar, ett par decimeter över marken. I luften ovanför dem pladdrade en liten svärm av talgoxar.

**Kupsnickaren**

Handbok för tillverkning av ramkupor

Av Alexander Lundgren

Fullständiga arbetsbeskrivningar och detaljritningar till 10 olika moderna ramkupor eller bihus av **Erslevskupor** (Trågkupor) med svea-, wieslander- och lågnormalramar; **Uppstaplingskupor** med 8 och 10 svea-, wieslander- och lågnormalramar; **Västgötakupor** med svearamar samt ritningar till bipaviljonger, tillverkning av skattlådor, ramar m. m. Lättförståelig för var man.

**Pris kr. 2:50 + porto 10 öre.**

Erhålles från författaren, adress: **Huddinge.**

Sedan stod de ett stycke längre upp på åkern, därifrån såg de predikstolarna så att säga från predikantsidan.

Ja, Bertil i Nybränna hade byggt om dem.

Då jag läste den där boken, Kupsnickaren av Alexander

Lundgren, då insåg jag genast att bikupor redan fanns i våra trakter, sade han, det gällde bara att inreda dem och göra dem färdiga.

Och tiden var ju den rätta, ville han påpeka. Ingen hade längre användning för kristendom och predikningar.

Predikstolarna var mycket riktigt förvandlade till bikupor. Elva kupor, en vacker bipaviljong.

De drar kraftigt idag, sade biodlaren. Sälgen blommade ännu, och björken och maskrosorna och kabbelekorna och alen och hjortronen. Snart var det än en gång tid att slunga honungen.

Tre samhällen i var kupa, sade han icke utan stolthet, således trettitre samhällen. I innersta Västerbotten är min bigård den största. Och i synnerhet den mest givande.

Hans bin var ju också på ett särskilt sätt välsignade.

Och han förklarade:

Väldiga mängder av andlighet för att inte säga helighet hade genom åren lagrats inne i predikstolarna, för den delen också inne i själva trävirket och masoniten. Hans bin blev utan minsta ansträngning delaktiga av det gudomliga och mysterierna. De var förandligade, de hade ett uppdrag och en kallelse som var okänd i alla andra bisamhällen. Du ser väl, ropade han, hur de flyger omkring som Guds änglar!

Bina som for ut och in mellan flustren och som surrade omkring deras huvuden blänkte och glittrade mycket riktigt som om de varit förgyllda.

Inne i de före detta predikstolarna hämtade de också en kraft som var okänd för den gängse biodlingen, fortfor han. Hans bin fann honung där vanliga bin gick bet, de återvände aldrig tomhänta till kupan. Han hade till och med sett dem suga nektar ur rönnbärsklasar och murklor!

Hans honung var därtill den mest aromatiska som kunde uppbringas. På väggen inne i köket hade han ett vykort från en av prästerna i Ume. Din honung har en doft av sakrament, stod det.

Murkelhonung? muttrade Olof Helmersson och smakade på ordet.

Och du ska veta, sade biodlaren avslutningsvis, att de förökar sig genom jungfrufödsel.

Du säger ingenting, sade han till Olof Helmersson då de på nytt stod nere vid farstubron. Han hade, påstod han, ändå tyckt sig märka att något rörde sig inne i väckelsepredikanten då han återsåg sina gamla predikstolar.

Du borde vara tacksam, sade han, att någon förvaltar väckelsens arv.

Olof Helmersson hade redan händerna på cykelstyret, den lilla honungsburken som han fått i avskedsgåva hade han trätt ner i kavajfickan.

Vad han tänkt eller sagt i sitt innersta, förklarade han, det angick ingen, numera talade han aldrig om sådant, det var en sak mellan honom och den Gud som inte finns.

Den kvällen åt han honung tillsammans med Asta och Ivar. Den smakade som all annan honung. Efter den tredje skeden blev smaken kväljande.

*

Medan de eftertänksamt slickade av skedarna frågade Ivar om han inte hade börjat finna sig tillrätta, om det inte var så lyckligt att han även på längre sikt skulle kunna känna sig hemma i predikantsängen. Du har det väl bra här, sade han. Det är nödvändigt att folk flyttar hit och stannar. Avfolkningen är ett ohyggligt hot mot bygden.

Dessutom kunde ju inte Gerda draga ut på sitt döende hur länge som helst. Och det var nödvändigt att Asta hade någonting att göra, hon tålde inte att gå arbetslös. Gideon var i sin blindhet alltför lättskött, Asta behövde någon som på allvar var vårdnadskrävande. Det fanns också en utbredd okunnighet om vad en stark och händig kvinna i den kommunala hemtjänsten förmådde göra för en mer eller mindre hjälplös åldring. Hon kunde ända till slutet tvätta hans pyjamas och sängkläder, skrubba och borsta honom på ryggen, klippa tånaglarna, kamma honom om något fanns att kamma, knåda värkande ben, smörja spruckna läppar med vaselin. Och även mata den i slutskedet orörlige och bortdomnade. Mot det oundvikliga var den kommunala hemtjänsten det enda som i viss mån hjälpte.

Men Olof Helmersson avvisade alla sådana tankar. Visserligen var han ohjälpligt och för alltid bunden till den här bygden, och hans förtroende för Astas konster var djupt och ogrumlat, men han hade kommit endast för att uträtta ett ärende, då det var gjort ville han per buss och tåg fara utåt kusten igen. Han hade, sade han, en lägenhet på tionde våningen, därifrån såg han havet. Han måste medge att ärendet i viss mån hade fördunklats under de här dagarna, ja att han ibland till och med tvivlat på att ärendet verkligen existerade, men allt skulle nog snart klarna. Han måste åtminstone rent formellt göra sig kvitt ungdomens lögner och bedrägerier.

Även om ingen längre tycktes bry sig om dem.

När han fått frid i sin själ skulle han på nytt vika samman sin cykel och kliva ombord på Lyckselebussen ute vid vägskälet.

Gerda säger att du ska komma till henne var eller varannan dag, sade Asta.

Ja, även Gerda måste befrias från sina vidskepelser och bringas till insikt och klarhet. Hon hörde till ärendet. Men han ville fara varligt fram med henne, sade han. Det fick ta den tid det tog. Först skulle han förbereda och mjuka upp henne. Han var tvungen att på nytt vinna hennes fulla och odelade förtroende innan han talade om detta för henne. Att hon olyckligtvis byggt sitt liv på en lögn.

Nu hade han lärt sig var de skönaste medluten fanns, var det kunde vara lägligt att rasta och vilka backar som bjöd sådant motstånd att cykeln måste ledas. Ja, han skaffade sig vanor. En kopp vatten ur Avabäcken. Kristinas trädgårdsbänk utanför Linuses. Ett anspråkslöst samtal med Stockholmaren om vädret. Spanandet efter tranor på Lidmyren. Ett par sockerbitar som fick smälta i munnen medan han tog igen sig vid vägskälet mot Inreliden. En kort pratstund hos lokalredaktören i Holmgrens sängkammare. Du som far omkring överallt på den där cykeln, du hittar inte några nyheter åt mig? sade lokalredaktören.

Nyheter? sade Olof Helmersson. Nyheter? Nej, jag begriper inte vad det skulle kunna vara.

Sedan också någon minuts ögnande i det senast författade och liksom av en slump framlagda:

*Då konungens silverplunta var urdrucken och Linus och husfolket och majestätet hade ätit kornmjölsgröten med rårörda lingon och några skvättar av den spenvarma mjölken, samtalade man ännu en stund om den lysande framtid som väntade bygderna och obygderna omkring Avaträsket och Långträsket och Avaberget och Inreliden. Det var omöjligt att inte med kärlek, ja lidelsefull tillgivenhet, sluta detta gudsförgätna och ofattbart sköna landskap till sitt hjärta och i Kristi namn med utbredda händer välsigna dess åkerlappar, stinna juver och härliga diken.*

*Linus läste kvällsbönen, den som handlar om fruktbarheten på jorden. Allsmäktige Gud, barmhärtige Fader, läste Linus, Du som för Din godhets skull uppfyller landet med allehanda frukter, därav människor och djur hava sin föda! Vi bedja Dig, välsigna i nåd vårt kära fädernesland med korn och kärna!*

*Och han fortsatte:*

*Ge oss vackert väder i våra dagar, käre Herre, en tjänlig väderlek för grödan och för Sköna och Pärla och hönsen som Anton Lundmark har lovat mig att få köpa. Bevara jorden för allehanda fördärv. Krön året med Ditt goda. Skona oss, o Gud, från ofruktsamma år och hunger. Och välsigna vår älskade konung, hela hans hus och dess anförvanter och förläna Din hjälp till rikets styrelse och försvar och välsigna riksdagen. Amen.*

*Uppenbarligen ville den gripne konungen besvara den innerliga bönen. Och han harklade sig länge och ljudligt, sedan bad han att som en tacksägelse ur sitt överfyllda bröst få framföra ett poem som han diktat och skrivit ner för åtskilliga år sedan:*

*O blomsterfält! O gröna poppellunder,*
*som livets späda purpurknopp förgömde!*
*O silverkällor, vid vars rand jag drömde*
*elysiskt bort min barndoms snabba stunder!*
*O tid av kärlek, hopp och tro och under!*
*Rikt över dig sitt frukthorn glädjen tömde.*
*Att blott en dröm mig gäckade jag glömde*
*och väcktes först av ödets vreda dunder.*
*Vem var gudinnan som ur nektarbrunnen*
*mig dricka gav? Av snöglans lyste skruden*
*och liljor virkade dess huvudbonad.*
*Gråt, min teorb! Astréa är försvunnen,*
*ej tröstas jag förrän den kyska bruden*
*jag åter famnar, salig och försonad.*

*Kvinnorna grät av rörelse, inte bara Linus hustru och dotter utan också pigan och hjonet Anna Olofsdotter, som socknen hade inhyst i huset. De trodde på allvar att majestätet själv skrivit dikten. Hans recitation hade varit milt uttryckt övertygande.*

*Vem var Astrea? hulkade Linus hustru, vänd mot maken.*

*Hon var förstkvinnan i livet hans, viskade Linus.*

*Även Karl den femtonde trodde att han hade skrivit den. Han var fast övertygad om att han var upphovsmannen till huvudparten av Erik Johan Stagnelius samlade verk, i första hand de dikter som han lyckats lära sig utantill.*

*Sedan var det tid för några timmars sömn före mor-*

*gonmjölkningen. Den natten lyckades kungen sova i tre olika sängar. Vilka har förblivit ovisst. För traktens historia saknar det också all betydelse.*

Innan Olof Helmersson öppnade Gerdas kammardörr drog han upp och ställde väggklockan i köket. För att slagen skulle överensstämma med den rätta tiden, som han läste av på sitt armbandsur, tvangs han att låta den slå först åtta, därefter nio, tio och elva slag innan den till sist slog tolv slag som den skulle.

Jag tror att jag har haft en uppenbarelse, sade Gerda då han steg in till henne. Jag tyckte att jag hörde klockan slå, jag tappade räkningen, den slog oräkneliga slag. Det var ett tecken och en liknelse.

Asta som just hade varit hos henne hade haft locktången med sig. Ett par slingor ur det tunna och vita håret hade virats samman och krusats till en mjukt rundad lock som vilade mot den höga, släta pannan, den avslutades med en hårt hoprullad ögla nere vid näsroten. Olof Helmersson betraktade hårlocken.

Ja, sade han, du har alltid varit en vacker kvinna, Gerda.

Men hennes tankar hade dröjt sig kvar hos klockringningen som hon tyckt sig höra. Den hade varit en beskrivning av hennes liv, ja av livet överhuvudtaget, timmarna och klockslagen hade runnit förbi och snart var alltsammans över, ingen kunde hålla ordning på tiden eller räkna den. Att man inte skulle bekymra sig, det var vad Herren velat

att hon skulle förnimma då Han lät klockan klämta alla dessa slag för henne.

På många sätt, sade hon, har väl mitt liv varit fattigt och eländigt. Men Inreliden är den vackraste platsen på jorden. Och ädlare människor än häromkring, det kan inte tänkas. Det förunnades mig att leva bland ett furstligt folk, sade hon.

Då hon slöt ögonen och vilade sig mellan orden tycktes hon av och till vara på väg att somna. Men hon var i själva verket just så vaken som hon hade varit i alla sina dagar, och hon hade förvånansvärt mycket att säga.

Alltsammans var meningen, sade hon. Meningen hade

funnits hela tiden. Och det blod som snart skulle stelna i hennes egna ådror var furstligt även det.

Och av någon anledning blev det inte av för Olof Helmersson att påpeka att det inte fanns någon mening.

Men ibland, medgav hon, hade det varit svårt att se meningen. Som när den fasansfulla olyckan drabbade Jakob i bröstkorgen så att han dog, det var veven i stubbrytaren. Hon hade fått stå på farstubron och vara vittne så att hon aldrig skulle tvivla. Och då Fadern i sin kärlek sände difteriets ängel och hämtade hem lillflickan! Nej, det hade inte vid varje enskilt tillfälle varit alldeles enkelt att omedelbart urskilja meningen. Meningen kan ibland vara hjärtslitande och förfärlig. Men det goda med den är att den trots allt jämt är själva meningen.

Vill du ha några droppar vatten, Gerda? sade Olof Helmersson. Eller något smärtstillande?

Nej. Hon behövde ingenting särskilt just nu. Hon hade det så bra som en människa kan ha det.

Ett av innanfönstren var ersatt av ett myggnät på en ram. Han steg upp och öppnade det yttre fönstret, så att den ljumma luften strömmade in till dem. Det kan du ändå behöva, sade han. Då kan du höra småfåglarna. Det skingrar tankarna.

Men hon ville inte få sina tankar skingrade.

Fast sedan kom ju du, Olof Helmersson, och då begrep jag genast alltsammans, fortsatte hon. Meningen hade hela tiden varit att jag skulle föras fram till omvändelsen och frälsningen. Jakob och lillflickan och allting annat som jag fått offra. Det tar tid att genomskåda Guds rådslag.

*

Jag ber för dig ständigt, Olof Helmersson, sade hon nu. För dig och din gärning. Morgon och middag. Under alla de förtiåtta åren har jag bett för dig.

Det behöver du verkligen inte, sade han avvärjande. Det är alldeles onödigt.

Ja, det visste hon. Så nära som han stod Jesus Kristus redde han sig naturligtvis gott ändå. Men för säkerhets skull.

Och han fick inte inbilla sig att det var något märkvärdigt med detta att hon ständigt inneslöt honom i sina böner. Nej, hon bad för alla, den som låg på detta sätt i stillhet på sitt yttersta fick ju också därigenom lite förströelse. Hon nämnde folket vid namn och räknade upp dem inför Skaparen så att Han inte skulle glömma bort någon enda av dem: Gideon och Torvald och Ivar och Asta och Östen Lindblom och Lundbergs i Kvavisträsk och Björks i Långmyrliden och Isabella Stenlunds Marita och alla Brännströmarna i Lillholmträsk och Karl Lundholm som Asta påstod låg för döden och Eskil Holm som fick sitt magsår botat av honom, Olof Helmersson.

Ett litet påpekande sköt hon in i uppräkningen: Men så snart de dör, då slutar jag att be för dem. Det är förbjudet att be för de döda.

Därefter fortsatte hon:

Elmer Vikström och Dalbergs pojke som körde postbilen på den tiden då den körde förbi här och Eva Tjärnström och alla dessa Lindgrenare, det vart svårare och svårare ju mer de ynglade av sig, och Stefan Enkvist och de där musikanterna och författarna och tavelmålarna som tvingades att leva i förskingringen och Lundmarks hela huset i Granliden.

Med flera. Amen.

Isabella Stenlunds Marita? sade Olof Helmersson.

Ja, sade Gerda. Jag brukar nog nämna henne först av alla.

Men vem är hon? frågade Olof Helmersson. Henne minns jag inte.

Nej, det var givet, påpekade Gerda, de som ännu var ofödda på hans tid kunde han rimligen inte minnas; att Isabella i ensamhet och övergivenhet födde en dotter var ju inte heller en nyhet som spreds över riket. Hon, Gerda, var också den enda som varit närvarande, hon hade eldat och värmt det nödvändiga vattnet och klippt navelsträngen och uttalat den första välsignelsen över den nyfödda och torkat svetten ur Isabellas panna. Och hon hade kokat blodpalten så att Isabella kunde återvinna krafterna. I förtisju år hade de nu stått varandra nära, hon och Marita, förenade av tron och tillbakadragenheten och släktskapen. Då Isabella gått bort var det de bägge som ensamma stått vid graven, gammfolket var ju sedan länge döda. Och vid det minsta bordet i alkoven på Café Runan hade de druckit gravölskaffet och ätit wienerbröd.

Det är vi två som är församlingen, sade Gerda, jag och Marita, Isabellas Marita.

Alla andra hade ju dött eller blivit avfällingar, vilket ur

församlingssynpunkt måste sägas vara ett och detsamma.

Men du ber även för avfällingarna, konstaterade Olof Helmersson.

Jo, sade Gerda. På sätt och vis är de ju fortfarande i livet.

Och frågan var: kunde de verkligen undfly barnaskapet hos Gud? Var de inte märkta för evigt, de som en gång varit omvända? Avfällingskapet var väl närmast att likna vid en tärande sjukdom, de första tvivlen lade man knappt märke till, men sedan kom de smärtande anfallen av ovisshet och villrådighet, slutligen låg man där besegrad och endast förkastelsen och avsvärjandet återstod. Men också i avståndstagandet och avsvärjandet fanns rimligen rester av Gud eller åtminstone av något gudomligt. Förmodligen är det främst därför som avfällingskapets börda är så fasaväckande.

Du ska inte förta dig, Gerda, sade Olof Helmersson. Du får inte förbruka eller slösa bort dina sista krafter på onödigt svåra och arbetsamma och invecklade tankar. Vill du inte trots allt ha en skvätt att dricka?

Han skulle inte oroa sig, sade hon. Jag tänker och andas och talar med den lilla gnutta luft jag kan komma över.

Men ett halvt glas vatten kunde hon nog unna sig.

När hon hade druckit sitt vatten i små, försiktiga klunkar sade hon:

Det är därför jag innesluter dem i mina förböner. Min djupaste önskan är att jag ska kunna mildra avfällingarnas vidriga plågor.

*

Hör du! ropade han och pekade mot det öppna fönstret. Är det inte en lärka?

Jo, det är lärkan. Hon har funnits här ända sedan Jakobs tid.

Ja, förklarade hon mellan de korta andetagen, lärkan var det sista husdjuret på gården, detta mer än sextiåriga fågelexemplar var en sinnebild för uthållighet och trofasthet. Man måste lyssna till henne med tacksamhet. Lärkans sång handlade om Nåden i sönderfallets tid. Gerda prisade Fadern att hon sedan några år var sängliggande och inte behövde gå omkring utomhus och se den övriga världen och materien förflyktigas och förskingras. Ligga på dödsbädden och höra husets egen lärka, bättre kan ingen ha det. Då man ligger i det närmaste orörlig är allting bestående, sade hon.

Även hos Linuses fanns lärkan, en annan lärka förstås, sade Olof Helmersson, jag såg och hörde henne.

Och han tillade: Men dem nämnde du inte i din uppräkning. Folket i Linuses hus.

Nej, hon hade ju bara gett honom några spridda exempel, han som ännu var på benen och for omkring i världen. Och han kände ju många, han hade frälst de flesta. Men det var självklart att hon bad också för folket i Linuses. Hon och Kristina var nära släktingar, de var femmänningar, kanske till och med fyrmänningar. I första hand bad hon alltså för henne, men i viss utsträckning även för Stockholmaren.

I förrgår, sade Olof Helmersson, sådde Kristina trädgårdslandet. Idag på förmiddagen hade fröna redan grott och växterna var på väg att bli tumshöga. Jag rastade på Kristinas trädgårdsbänk. Det är häpnadsväckande.

Nej, det fanns ingen anledning att häpna över fruktbarheten. Vi har jämt stått växterna nära, sade Gerda, bördigheten har följt oss i alla tider.

Om endast naturens lagar gällde, det ville hon gärna ha sagt, då skulle knappt ens mossor och lavar spira i stenskravlet och gruset i dessa trakter. Det var så välsignelsen visade sig i växtriket.

Slutligen, sedan hon vilat en stund och med putande underläpp försökt blåsa den spiralformade hårlocken ett stycke åt sidan, kom hon med den första av de frågor som värkt fram inom henne under de förtiåtta år som han dessvärre hade funnits vid kusten:

Hur skulle hon nå visshet i fråga om uppståndelsen och det eviga livet?

Då teg Olof Helmersson. Han harklade sig inte ens, hans ansikte var orörligt, han gjorde inte något som helst försök att öppna munnen. Han satt bara stilla på stolen och betraktade henne.

Hon slöt ögonen, det syntes tydligt att hon väntade på hans svar, hon var beredd att ta emot vad han än hade att säga. Hennes läppar rörde sig svagt, stundtals såg det ut som om hon log, eftertänksamt och en aning belåtet.

Till sist, sedan väggklockan inne i köket slagit ännu en gång och sedan han ett par gånger blivit tvungen att ömsa ställning en aning eftersom pinnarna i stolsryggen skar in i hans revben, vred hon huvudet mot honom och öppnade ögonen och såg på honom. Nu var det ingen tvekan om att hon log. Det kan du aldrig förstå, sade hon, hur gränslöst gott det är att höra dig säga detta, vilken lisa det är för själen.

Jag? sade Olof Helmersson.

Du säger just det som jag behöver höra, jag ska aldrig glömma det du nu har sagt.

Hennes leende var verkligen stort och tydligt, och hon återgav i sammanfattning den undervisning som hon just hade hört honom meddela:

Sanningen om det eviga livet får vi hos Jesus Kristus själv. Han utsäger den hos Johannes. Den som hör mina ord och tror honom som har sänt mig, den har evigt liv. Och ska aldrig förgås. Den som äter mitt kött och dricker mitt blod ska uppstå på den yttersta dagen. Den som desslikes dricker av det vatten jag ger honom, den ska aldrig någonsin törsta, det ska bildas en källa i honom där det sprutar evigt liv. Och Paulus säger till korintierna att det som sås förgängligt ska uppstå oförgängligt och att de frön som sås i ringhet ska uppstå i härlighet. Vi har varit jordiska men ska bli himmelska.

Och det enda Olof Helmersson kom sig för med att säga var: Ja Ja. Ja Ja.

Fast du sade det förstås ännu vackrare, påpekade Gerda.

Lärksången pågick fortfarande, solljuset genom söderfönstret hade nått kommoden.

Jag tror, sade Olof Helmersson, att Asta snart väntar med maten. Hon skulle steka en hare som hon funnit i frysboxen.

Jag vill ha en så kortvarig död som möjligt, sade Gerda. Jag längtar redan till uppståndelsen.

Blir du inte trött av att fara omkring på detta sättet? frågade Ivar. Får du någonting uträttat?

Det är svårt att veta, sade Olof Helmersson medan han sög på en av harens skankar. Men jag känner mig starkare för var dag. Jag härdas.

Och han frågade, nu när ögonblicket föreföll lägligt, om det kunde vara möjligt att byta det svällande, alltför mjuka och på sätt och vis historiska bolstret i predikantsängen mot en hård och fast madrass. Vissa muskler hade börjat återbildas på hans kropp, han ville att även nätternas vila skulle präglas av det här nya och friska livet och det därav oförmodat groende kött som han tycktes vara på väg att undfå.

I många år, sade han, har jag bara suttit stilla på tionde våningen i Ume och försökt få syn på havet.

Vid ett senare tillfälle frågade Gerda om Guds kärlek. Hurudan var denna kärlek? Att hon kunde förtrösta på Gud, det visste hon. Men kärleken? Det var ju allmänt känt huru oberäknelig och ostadig kärleken kunde vara.

Och än en gång hade han suttit stum och möjligen obeslutsam vid hennes bädd, ett par gånger hade han öppnat munnen som för att äntligen säga något, men inte ett ljud hade kommit över hans läppar. Hon hade blundat och förefallit att vara andäktigt lyssnande, hon hade till och med kupat ena handen bakom örat, och ansiktet hade långsamt ljusnat av den upplysning och klarhet som delgavs henne. Efteråt kunde hon också redogöra för vad han trots sitt tigande tycktes ha sagt, styckevis till och med ordagrant:

Han hade påtalat det orimliga och självmotsägande i hennes fråga, i frågans innersta låg ett dödligt tvivel dolt. De bägge begreppen, å ena sidan Gud, å andra sidan kärleken, fick aldrig tänkas eller behandlas åtskilda, Gud är kärleken och kärleken är Gud. Han är tålig och mild, Han avundas inte, Han förhäver sig inte, Han söker inte sitt och hyser inte agg för en oförrätts skull. Gud har sin glädje i sanningen,

Han fördrar allting, hoppas allting och uthärdar allting. Han förgår aldrig. Äran och makten tillhör kärleken. Min kärlek, min kärlek, varför har du övergivit mig! Var och en som åkallar Kärlekens namn, han ska bli frälst.

Och tårar hade fuktat hennes kinder då hon tackade för allt han sagt, nu hade han åtminstone för tillfället återgett henne en trygghet som hon inte känt på förtiåtta år.

Den eftermiddagen for han till Avaberg, till Gideon i Avaberg. Asta hade sagt att middagen skulle bli sen, Ivar hade ärende att uträtta i Lycksele, han skulle bli borta hela dagen. Musikanläggningen i bilen krånglade, åt hösten ville han inte komma till jaktlaget utan musik.

På pakethållaren hade Olof Helmersson gåvan från Torvald. Han hade nämnt den för Gerda: Jag tror att Torvald har tänkt ut ett alldeles eget konstverk åt Gideon. Ja, det kunde Gerda mycket väl tänka sig. Sådana har vi alltid varit, sade hon.

Gideon satt vid köksbordet på samma sätt som förra gången. Nu var det inte en uppläsning utan musik han lyssnade till, en stor orkester spelade något som kunde vara Sibelius. Han stängde av apparaten och sade: Nu känner jag igen dig på stegen, Olof Helmersson.

Och här sitter du alldeles som om du inte rört dig på flera dagar, sade Olof Helmersson.

Jo, sade Gideon, nog hade han rört på sig, han hade trots allt två sysslor att sköta, dels detta sittande på stolen vid köksbordet, dels också liggandet på rygg i sängen inne i kammaren. Han rörde sig alltså både kväll och morgon.

Egentligen, sade Olof Helmersson, hade jag beslutat att inte besöka dig mera. Ditt sätt att leva utgör en stark frestelse för mig. Och jag har trots allt något att uträtta.

Ja, medgav Gideon, han visste att hans tillvaro på sätt och vis var exemplarisk. Hans dagar präglades av avklarnad enkelhet, för övrigt också nätterna. Han utsattes numera aldrig för några känslostormar, sådana inre bävningar och eruptioner som kännetecknat hans ungdom och mannaålder, han kunde inte för sitt liv komma ihåg när han senast skrattade eller grät. Ingenting kunde gripa eller röra honom, inga lidelser eller tillfälliga stämningar, frånvaron av en tydlig livsuppgift gav honom en närmast obegränsad personlig frihet.

Som sagt, sade Olof Helmersson, egentligen tänkte jag lämna dig i fred. Själva existensen har ju uträttat mitt ärende hos dig. Men Torvald bad mig att överlämna en gåva till dig.

Och han lade det tidningsinslagna föremålet på bordet framför Gideon.

Torvald? sade Gideon. Ja, han vart långlivad.

Sedan böjde han sig fram över det avlånga paketet och grep tag i det med bägge händerna och lyfte upp det som om han i sin blindhet kunde se det. Så blev han sittande en lång stund. Slutligen sade han: Jo, den lukten känner jag igen. Tänk ändå att någonting kan lukta så innerligt gott!

Han tryckte näsan mot tidningspapperet och snusade begärligt in dess doft, när han sedan lyfte huvudet syntes små ryckningar i hakan och ögonlocken och en lätt darrning i underläppen.

Det finns ingenting i hela världen som luktar som Norra Västerbotten, sade han.

Och han var tvungen att med handen stryka bort fukten från sina kinder.

Men sedan samlade han sig och förde paketet till munnen, med en kraftfull käkrörelse bet han av det grova hampsnöret och tog fram själva gåvan.

Ja, det var ett konstföremål, snidat ur ett stycke furu och förmodligen bestruket med linolja. Träet hade samma djupa, ockrafärgade lyster som huden på Gideons händer.

Gideons breda fingertoppar undersökte skulpturen nerifrån och upp, från den runda, svagt välvda sockeln till hjässans kraftiga hårvalk, fingrarnas rörelser tycktes samtidigt vara forskande eller kontrollerande och ömsint smekande.

Ja, sade Olof Helmersson, han har verkligen blivit en storartad konstnär, Torvald.

Sedan utförde Gideon samma trevande granskning nedåt, ibland stannade han upp och dröjde några ögonblick vid en eller annan detalj, en axel eller armhåla, ansiktet, den lilla gropen mellan nyckelbenen, en bröstvårta, naveln som var en aning sned, knäskålarna.

Han satt tyst ganska länge. Och nu strömmade tårarna nerför hans ansikte utan att han brydde sig om att torka bort dem.

Men till sist sade han:

Den satan! Den satan!

*

Så småningom rätade han ändå upp sig och musklerna i hans ansikte upphörde att skälva. Och han ställde en fråga till Olof Helmersson: Du som har synen i behåll, nog ser du vem det är som han har snickrat?

Dessvärre, måste Olof Helmersson svara, jag ser bara att det är en kvinna, någon av alla kvinnorna.

Är hon från trakten? undrade han också.

Nå, sade Gideon, om nu inte Olof Helmersson genast kände igen henne ville han inte vara den som avslöjade vem hon var. Även en träskulptur har rätt till sina hemligheter. Och Gud ska veta att det redan hade spritts nog och övernog av sladder och förtal om denna värnlösa kvinna, han ville inte vara den som ytterligare fläckade hennes rykte. Och han var ju den ende som verkligen hade känt henne medan hon ännu var i livet. Han visste bättre än någon annan hur änglalik och godhjärtad och oskuldsfull hon var. Då han vid vissa förutbestämda tillfällen hade träffat henne i någon av ladorna på Lindblomarnas nyodling hade hon aldrig ställt några krav på honom, att han skulle bryta upp från sitt äktenskap eller från skiftgången i Kristinebergsgruvan eller att han måtte taga henne med sig och fly till södra Sverige, nej hon hade fogat sig i deras gemensamma öde, hennes fromhet hade varit sådan, redan på den tiden, innan någon av dem hade låtit frälsa sig hade hon varit frommare än någon annan i bygden eller släkten. Han ville lysa frid över hennes minne! Han hade aldrig sagt någonting till någon, inte heller i framtiden skulle han säga någonting, inte ens Torvalds konst skulle kunna hetsa eller egga honom att förråda en enda stavelse i hennes namn, hans läppar var förseglade.

Men sedan återkom krampryckningarna i hans kinder och läppar och han kramade den linoljade kvinnokroppen så att knogarna vitnade. Och han reste sig upp och trevade sig förbi den öppna kammardörren och porslinsskåpet och vedlåren fram till spisen. Då han öppnat spisluckan grep han skulpturen med bägge händerna och bröt och vred och bände så att den krossades till små stickor som han kunde sticka in i eldöppningen.

Sedan råkade han försäga sig. Stående på knä framför kvinnan som han smulat sönder sade han:

Asta har lovat att steka fläsket åt mig i morgon. Då ska hon få göra upp elden i Isabella Stenlund. Jo, Asta skulle säkert kunna laga även potatisen på hettan från Isabella Stenlund.

Var det den dagen som Olof Helmersson letade upp Eskil Holm? Nej, det är inte möjligt. Visserligen är dagarna ofantligt långa då om försommaren och nätterna i stort sett obefintliga, men kortaste vägen från Gideon till Holms i Svanliden är nästan tre mil lång, han hade varit tvungen att ta sig från den ena ytterkanten av trakten till den andra.

Däremot satt han på hemvägen från Avaberg och Inreliden en stund hos Kristina och Stockholmaren.

Två unga, älskande människor som lever i frid med varandra och odlar jorden, sade han, det är som en bild av paradiset.

Vad är paradiset? sade Stockholmaren.

Vi visste inte bättre, sade Olof Helmersson. Vi trodde att Gud skapade världen och satte människorna i en lustgård.

Som Linuses? sade Stockholmaren.

Ungefär, sade Olof Helmersson.

Kristina satt på huk vid trädgårdslandet, med en sax skördade hon persiljan.

Hur gick det sen? frågade hon.

Det vill jag inte veta, sade Stockholmaren.

Salladshuvudena var redan knytnävsstora och spenaten närapå skördemogen, på dillen syntes de första fröställningarna, tomatplantorna blommade.

På mindre än en vecka, sade Olof Helmersson, har de här grönsakerna vuxit upp. Det måste bero på jorden.

Det är ett mysterium, sade Stockholmaren som gnagde på en av de första späda morötterna.

Mysterier existerar inte, sade Olof Helmersson. Det finns alltid naturliga förklaringar.

Allt beror på odlaren, sade Kristina och rätade upp sig, hon hade en persiljekvist i mungipan. Odlaren och gödningsmedlen.

Naturligtvis, sade Olof Helmersson.

Fast just i det här fallet, fortsatte hon, kan det vara svårt att riktigt skilja mellan gödningsmedlen och odlaren.

Det beror på generna, sade hon också.

Man tömmer pottan i grönsakslandet varje morgon, förklarade hon. Fruktsamheten var släktens adelsmärke. Hon hade sin egen potta, inte en droppe fick gå förlorad. Generation efter generation hade gjort just på det sättet.

Men Stockholmaren får pissa var han vill, sade hon.

Ivar var hemma igen, Lycksele Bil & El hade lagat ljudanläggningen i hans bil. Och han hade köpt den nya, fastare madrassen till predikantsängen. Asta skulle fara till Inreliden, Gerda måste göras i ordning för natten.

Nå, sade Ivar, har du sagt sanningen åt henne?

Inte riktigt än, sade Olof Helmersson. Han ville vara försiktig, Gerda var trots allt en aning skröplig. Och den som ska befrias från sin tro måste alltid förberedas, i synnerhet om tron var gammal och ingrodd. Den kan efterlämna fantomsmärtor. Det bästa var naturligtvis om hon med lämplig handledning men ändå i huvudsak av sig själv kunde komma till insikt. Han ville i första hand stärka hennes mod och uthållighet innan han sände henne ut på förnekelsens äventyr.

När Olof Helmersson någon gång på nittonhundrafemtitalet botade Eskil Holms magsår visste han egentligen ingenting om själva sjukdomen. Den var bara ett ord för honom, men ord var å andra sidan den substans som gav upphov till hans värld. Det var först senare, under hans andra omvändelse, den utdragna förvandlingen till gudsförnekare, som de sura uppstötningarna och magkatarren och magsåret drabbade honom. Det sade han nu till Eskil Holm:

Jag hade ingen kunskap om magsår. Ingen erfarenhet. Jag visste ingenting om kramperna och smärtorna. Allt det lärde jag mig senare.

Det spelar ingen roll, sade Eskil Holm. Helbrägdagörelsen bet i alla fall.

De satt i den bolstrade hammocken utanför huset i Svanliden, mangårdsbyggnaden. De skuggades av ett blommigt soltak av plast. Mellan tallstammarna framför dem glittrade det och blänkte från vattenvirvlarna i Skellefteälven. Nere vid avtagsvägen mot Jörn arbetade någon med en motorsåg.

Jag har kommit för att be dig om förlåtelse, sade Olof Helmersson. Hela det där tältmötet i Gissträsk var ett enda stort bedrägeri. Min predikan, bönerna, tungomålstalet, lovsången, helbrägdagörelsen. Alltsammans. Det enda som inte var alltigenom falskt var dragspelet.

**Magsår**, gemensam benämning för sårbildningar i magsäcken (*u'lcus ventri'culi*) och i tolvfingertarmen (*u'lcus duode'ni*). M. uppkommer genom att ett väggparti, vanl. i området kring nedre magmunnen, angrips och nedsmälts. Orsaken antas vara, att slemhinnans vitalitet nedsatts, så att den ej tål magsaftens inverkan. Olika stressfaktorer spelar stor roll för M:s uppkomst.

Så ska du inte säga, sade Eskil Holm. Hela mitt liv har jag tackat Gud för det där tältmötet.

Jag vill, sade Olof Helmersson, att du omedelbart upphör med de tacksägelserna.

Då en av dem rörde på sig eller råkade sätta ner en fot i Svanlidens sandiga jord började hammocken gunga. Emellanåt kom de bägge att snett bakifrån belysas av solen.

Du kan inte förbjuda mig att lova och prisa Herren, sade Eskil Holm. Eller att åkalla vår förlossare.

Och han fortsatte trotsigt:

Tack vare Olof Helmersson och helbrägdagörelsen hade han gudskepris kunnat utföra sitt livsverk: sköta jordbruket som nu var nedlagt, bygga bönhuset som nu var rivet, färdigställa den numera avskaffade vägen till Kedträsk, starta konsumbutiken som inte fanns längre, försörja barnen som nu hade övergivit honom, vara ålderman i byn som nu var avfolkad och öde, grunda Folkpartiets lokalavdelning som nu var upplöst. Det var med stolthet och tacksamhet som han i sitt åttisjätte år såg tillbaka på detta sitt livsverk.

Men Olof Helmersson dröjde ännu vid tältmötet i Gissträsk.

Jag var en bluffmakare som spelade dragspel, sade han. Visserligen en glödande, stundom bländande bluffmakare, men ändå. Tidvis var jag helt i händerna på dragspelet. Jag visste inte ens var jag skulle lägga händerna på din mage. Tolvfingertarmen och magmunnen var okända för mig.

Du får inte sätta ditt ljus under skäppan, Olof Helmersson, sade Eskil Holm.

Han, den botade, visste bättre. Då hustrun var sjuk, ja döende, då hade de uppsökt andra helbrägdagörare. I Lycksele och Husbondliden och Bygdsiljum. Men förgäves. Ingen av dem hade varit som Olof Helmersson. De andra hade haft en smärtstillande verkan, inte mer.

När sedan Olof Helmersson redogjorde för de centrala tankegångarna i otrons och fritänkeriets förkunnelse hade Eskil Holm inga som helst invändningar. Ja, sade han instämmande, Bibeln är underhållningslitteratur från början till slut. Och ingen allsmäktig Fader har skapat världen, slumpen har sprängt fram den ur kaos och tomhet. Ingen ska igenkomma för att döma levande och döda, Jesus kär har ingen enastående ställning i historien. Ingen älskade världen så att han utgav sin enfödde son och alla ska förgås och ingen ska ha evigt liv. Jo, du har rätt Olof Helmersson, religionen är humbug från början till slut. Mitt hem är här på jorden, ej ovan skyn det är.

Och så vidare.

Huvudsaken är väl att du innerst inne känner till sanningen, sade Olof Helmersson.

Jo, sade Eskil Holm, jag vet sanningen.

Men trots allt skulle han försiktigtvis stå fast vid den där tron från tältmötet i Gissträsk. Nu då han närmade sig ålderdomen ville han inte hava magsåret eller något liknande åter. Och det var med glädje han såg tillbaka på själva frälsningsögonblicket i tältet på Vesterlunds åker. Själv tror jag inte. Men jag saknar tvivel.

Det fanns inga märkvärdigheter och sensationer på den tiden, sade han. Nu har vi ju televisionen.

När Olof Helmersson reste sig ur hammocken och gick mot grinden där han ställt sin cykel följde Eskil Holm efter honom. Och han lade sin hand på den forne väckelsepredikantens axel och hejdade honom.

Du måste begripa, Olof Helmersson, sade han, att du inte har någon makt över våra själar. Du kanske hade det en kort stund för mycket länge sedan, men den tiden är förbi. Nu tror vi vad vi vill. Och på egen hand. Det är en del av vår storhet.

Ja, det hörde till egenheterna hos folket här i trakten, man kunde förneka och förkasta och tro på samma gång och med samma hängivenhet, det fanns en själens vindögdhet som gick i arv och som alla var delaktiga av, från Skelletälvens strand och till Vindelälven. Livet var meningslöst och dess mål var evigheten. Kristus dog för våra synder och ingen hade någonsin syndat. Å ena sidan fanns Gud, å andra sidan fanns han inte.

Om du aldrig hade kommit, då hade vi sannolikt hittat upp något sätt att frälsa oss själva, sade Eskil Holm. Även om vi hade fått dragas med ett eller annat magsår.

Du måste måla om grinden, sade Olof Helmersson. Innan ålderdomen tar dig så att du inte längre förmår.

Han tog den smala och oberäkneligt slingrande vägen över Tjärnberg och Brännet, därför kom han mot aftonen förbi Klinten och lokalredaktionen i Holmgrens sängkammare.

En familj från Skåne hade tänt en lägereld vid Vormforsen, de skulle steka fisken som de trodde att de kunde fånga i forsen. Med en håv skulle de hämta upp harr och laxöring ur det skummande vattnet, de hade läst en broschyr från Västerbottens läns Turistbyrå. Efter ett par timmar hade borgarbrandkåren från Rusksele lyckats släcka elden. Tidningen ville för sin del varna läsarna för elden, alla former av eld, i det uttorkade, ja överhettade Västerbotten.

Brydde sig Olof Helmersson verkligen om att läsa de där fragmentariska utdragen ur lokalredaktörens berättelse om utdikningen av traktens myrar? Ja, till en början hade han läst. Men nu var det uppenbart att han endast låtsades läsa, han höll upp pappersarken framför sig men blicken var riktad åt annat håll, mot fönstret eller författarens blygsamt nedböjda huvud eller den tomma brevkorgen för inkommande post. Han hade givetvis begripit vad skribenten från Jörn ville åstadkomma med det urgamla sladder som han ställt samman, allt var sedan länge välkänt för honom, såväl bördsstoltheten som skammen för att inte säga medvetandet om arvsynden, det konungsligas löjlighet likaväl som den undersåtliga högfärden och de djupt rotade ärftliga föreställningarna om särlingskap och utvaldhet och förnämhet. Stoffet var det bästa tänkbara för en skandalskrivare från bortre sidan av Skellefteälven.

Säkerligen hade Olof Helmersson också ganska snart blivit en aning misstänksam mot själva texten, det till synes slumpmässiga men samtidigt beräknande urvalet av brottstycken och episoder. Sannolikt kunde delarna aldrig sammanfogas till en helhet. Lokalredaktörens avsikt var att skapa nyfikenhet och dunkla förväntningar, det utelämnade och oskrivna skulle aldrig bli skrivet. Den konstnärliga oförmågan doldes bakom insinuationer och dunkla hänsyftningar. För en gammal predikant var metoden välbekant.

Det kan dessutom tänkas att en och annan av de återberättade händelserna väckte olust och vämjelse i Olof Helmerssons före detta frikyrkliga hjärta.

*Hustrun Beate i Kvammartjärn var drabbad av en elak och namnlös åkomma. På två år hade hon inte haft sin månadsrening, blodet hade blivit stämt inne i hennes kropp. Och hon var i den mest fruktsamma åldern. Hennes buk hade svullnat till fyrdubbla storleken, hon förmådde inte längre stå på sina ben, bonden i Kvammartjärn fick inte plats vid hennes sida i utdragssoffan. Och havande var hon inte. Maken kunde inför Gud och allt som är heligt svära på att han inte vidrört henne på ett sådant sätt att hon kunde ha blivit befruktad. Hennes andhämtning hade blivit flämtande och kort, antingen skulle hon kvävas eller också sprängas av det stockade blodet.*

*Nu bar man henne till kungens läger. Hon låg på hö-båren, bonden och en dräng hjälptes åt att bära, hon var höljd i det stora sängöverkastet från salen.*

*Hon kan mycket väl vara döende, sade bonden till vaktposterna. Fast egentligen är hon i sina bästa år. Och till hovfolket sade han: Om inte en vigd konung kan hjälpa henne, då är hon förlorad.*

*Det torde räcka, lade han till, att Den Vigde lägger händerna på buken hennes. Eller där i närheten.*

*Hans Majestät lät utrymma sitt tält och rulla samman generalstabskartorna som täckte konferensbordet. Han befallde att han skulle lämnas ensam med den arma kvinnan och att tältöppningen skulle tillslutas.*

*Därutanför kom den äkta maken efter en stund i samspråk med biskopen.*

*Ja, min gode man, sade biskopen, vi får aldrig upphöra att förtrösta på Guds nåd.*

*Nej, sade bonden i Kvammartjärn. Nåden, han kan sannerligen slå ner som blixten. Man får vara beredd hela tiden.*

*Även i den stilla och stundom tålamodsprövande vardagen, sade biskopen, är den ständigt närvarande. Den allmänneliga kyrkan och överheten och sakramenten utgör endast insegel och stadfästelser.*

*Det kan tänkas, sade den äkta maken som hela tiden oroligt betraktade tältöppningen, men exempelvis vi som lever och bor vid Kvammartjärn, vi vet ju inte riktigt hur man ska handskas med Nåden. Vi är i huvudsak skapade för grovarbete. Vi saknar det där fina handlaget.*

*Nå, sade biskopen, det helt avgörande är tron. Den är ensam saliggörande.*

*Fast nog är Nåden ett av de fyra elementen i Treenigheten, sade bonden.*

*Nå, sade biskopen, låt oss lämna matematiken därhän. Kämpa endast trons kamp ända till slutet! Allt annat måste vara ovidkommande för er vid stranden av Kvalmartjärn.*

*Kvammartjärn, sade bonden.*

*Just då slogs tältfliken upp och konungen steg ut.*

*Majestätets uniformsbyxor var inte längre marinblå, de gyllne revärerna syntes inte mer, de svarta stövlarna hade mist sin glans. Karl den femtonde var från midjan och nedåt helt täckt av blod, krapprött eller mönjefärgat, delvis levrat blod. Medan han med den pösiga skjortärmen strök svetten ur pannan sade han: Nu är hon helbrägda.*

*Ännu i fjorton dagar blödde hon, detta var ju inte blott en månadsrening utan en tvåårsrening. Men därefter, de närmaste tolv åren, födde hon åtta barn. Av de fem sönerna emigrerade tre till Nordamerika. Deras ättlingar lär ännu bruka jorden mellan Saint Paul och Rochester.*

*

Du svettas inte, påpekade lokalredaktören. Jag har tänkt på det varje gång du varit här, att du inte svettas. Fastän du far hit och dit på den där skrattretande cykeln. I den här hettan.

Man sinar, sade Olof Helmersson. Det är så det begynnande åldrandet visar sig, vätskorna i kroppen tar slut.

Men i ungdomen, det måste han i all ödmjukhet få nämna, då hade han varit en av de stora och betydande svettarna, hans svettningar hade varit vida omtalade. Fyra eller fem liter per väckelsemöte, det var hans övertygelse.

Fast ungdomens ymniga svettning kunde också ses som en åkomma eller till och med sjuka, alltför många ämnen och vätskor uppfyllde människan och trängde på för att komma ut.

Nu på äldre dagar hade han så att säga lagt sina händer på sig själv och helat och dränerat sitt eget jag. Det var mycket enkelt och naturligt.

Hur länge tänker du fortsätta på det här viset? frågade lokalredaktören och försåg sig med ännu en remsa av toalettpapperet.

Jag har tiden för mig, sade Olof Helmersson. Jag har all tid i världen.

Hade han glömt Gerda? Nej, sannerligen inte. Men än återstod åtskilliga timmar eller dagar av trevande och varsamma samtal innan han var framme vid avgörelsens ögonblick, stunden då han skulle fatta hennes bägge händer och se in i hennes allt gulare ögon och avslöja för henne att Den Allsmäktige inte förefanns i verkligheten, att Jesus Kristus således inte kunde vara Hans son, Han kunde omöjligen vara sonen, och att ingen följaktligen kunde lämna sig åt Honom. Vi misstog oss, skulle han till sist säga. Vår ståndpunkt var inte tillräckligt genomtänkt och framförallt inte grundad på fakta.

Hädanefter, skulle han säga, måste vi med friska krafter och obruten framåtanda leva med ingenting annat än den nakna sanningen för ögonen.

Och det var inte bara hans egna tankar, hans tiovåningstankar från Umeå, som väglett honom till detta ställningstagande, nej själva tiden, den tid som de levde i, nutiden, hade varligt men med nödvändighet fört honom fram till förnekelsen. Vår tid, skulle han säga, är en avsvärjandets och uppsägandets och ångerns tid, alla som en gång i tiden haft en tro hade under de senaste decennierna tagit sitt förnuft tillfånga och avfallit, det enda naturliga var numera att vara avfälling, det enda väsentliga var att ha haft något att avfalla från. Han tänkte med sorg på alla dem som i framtiden inte skulle förunnas att vara avfällingar eftersom de aldrig ägt någon bekännelse, aldrig med hela sin själ trott på någonting. Vilken ohygglig tomhet! skulle han också säga. Vilken tröstlös ödslighet och förtvivlan! Vad skulle dessa människor komma att ställa till med, vilsna och handfallna i en farofylld värld där ingen förnekelsens och förkastelsens övertygelse skänkte dem vägledning och riktning och mål?

Åtminstone varannan dag satt han på pinnstolen vid hennes sida i kammaren i Inreliden, i stort sett teg han, några ord om fåglarna som hördes genom det öppna fönstret eller en eller annan hälsning från Eskil Holm i Svanliden eller Gideon eller Kristina och Stockholmaren i Linuses, det var allt han tycktes vara förmögen att frambringa. Han satt stum och bidade sin tid.

Och Gerdas förråd av frågor var långtifrån uttömt, de där frågorna som hon samlat inom sig under alla åren då han varit borta från trakten. Dessutom, påpekade hon, finns det ju frågor och ovissheter som inte låter sig utsägas. Hon ville begränsa sig till det lätthanterliga och behändiga, hon insåg att han efter alla åren i Ume inte var i sin allra bästa form och fulltränad: Var Jesus alltid Gud och människa samtidigt och på samma plats, eller var Han människa ibland och Gud ibland?

Och på olika ställen?

Sedan också hon hade tigit en stund meddelade hon hans svar, det svar som hon påstod sig ha hört från hans läppar och som varje gång var lika enkelt och klart och lättfattligt: Han var alltid, i varje ögonblick, Fadern och Sonen, ja Han var alla människor i sammanfattning. Då Han på korset inte utan förtvivlan ropade Min Gud min Gud, varför har Du övergivit mig, då var det alla människors gemensamma rop och på samma gång Guds översiggivna rop till sig själv. Det är så Han låter oss veta att Han är allt i alla. Du ska inte ängslas Gerda, ingen nöd och ingen lycka skall utur Hans hand dig rycka!

Och han kunde ju inte göra något annat än fortsätta med sitt tigande, åtminstone inte tills vidare, pinnarna i stolsryggen skavde mot hans revben, från det halvätna frukostägget på nattduksbordet doftade det svagt av svavel, av och till gned han lårmusklerna som kanske värkte en smula.

Plötsligt kunde Gerda avbryta sig och säga: Men du hälsar aldrig till mig från Marita. I Inreträsk.

Jag känner henne inte, hon fanns inte på min tid.

Hon hör till församlingen, sade Gerda uppfordrande. Hon och jag.

Det kunde man aldrig tro, sade Olof Helmersson, att Isabella Stenlund skulle föda ett oäkta barn. Att hon var sådan.

Det har jag aldrig tänkt på, sade Gerda, att Marita på något sätt skulle vara oäkta.

Eftersom hon var den som låg på sitt yttersta medan han

var den som hade hela livet framför sig, ville hon gärna ha sagt att det ena aldrig kunde skiljas från det andra, det äkta från det oäkta, det förfalskade från det ursprungliga, det medfödda från det inlärda.

Varför hade det dröjt så många dagar för att inte säga veckor innan han tog sig till Stenlunds?

Det är omöjligt att veta, men även nu, när han kom fram till grustaget nedanför smedjan och stengrunden där hönshuset hade stått, tycktes han tveka om han skulle våga sig ända fram till huset; han steg av cykeln och lutade sig ner och granskade småstenarna vid vägkanten, framför resterna efter mjölkbordet blev han stående med böjt huvud som om mjölkbordet varit ett altare, han repade några löv ur hängbjörken och tog dem i munnen och tuggade dem länge och eftersinnande. På gårdsplanen stod en sparkstötting med rostiga, krökta medar, där ställde han sin cykel. Ovanför huset bräkte ett får.

Själva huset var sådant som det alltid varit. Fast inte alldeles: väggarnas röda färg hade mörknat och mist sin lyster, knutbrädornas vita färg var flagnad, takspånen var ersatta av veckade aluminiumplåtar, över köksfönstret mot uthuset var en masonitskiva spikad. Ytterdörren stod öppen, en kvinna med en röd plasthink i handen var på väg ut, hon hade hejdat sig när hon upptäckte främlingen som lutat sin cykel mot sparkstöttingen.

Hon var lång och bredaxlad, hennes rödgula hår hängde ner över skuldrorna och bröstet, hon var klädd i en löst hängande blå bomullsrock som nådde ner till anklarna och de bara fötterna. Då hon ställt ner plasthinken på trappan gjorde hon en liten rörelse med högra handen, hon vred handflatan framåt, nästan som om hon hälsade honom välkommen. Hur gammal kunde hon vara? Trettifem? Förtifem?

Det kunde ha varit Isabella.

Och han gick fram till henne och sade: Det är jag som är Olof Helmersson. Jag kände din mor. Han lät en aning andfådd, antagligen på grund av värmen och cyklandet i motlut.

Ja, sade hon, jag har väntat att du skulle komma. Det har tagit tid för dig.

Jag har haft mycket att uträtta, sade han. Det finns åtaganden som man inte kan undfly. Även om ingenting blir som man tänkt sig.

De blev stående en stund i solskenet framför trappan. Ljudet från radion i köket trängde ut genom den öppna ytterdörren, en upprörd telefonröst samtalade med en journalist i Stockholm.

Dina solrosor är redan långt komna, sade Olof Helmersson. Och islandsvallmon är på väg. Och toppklockorna och akvilejorna.

Jag tar frön om höstarna, sade hon. Vi har sparat frön i alla tider. Vi har aldrig haft några andra blommor än de ursprungliga.

Men vi skulle behöva regn, sade han.

Jo, sade Marita Stenlund. Regn.

Medan de samtalade såg han oavvänt och nyfiket på hennes ansikte, ja han granskade de gråblå ögonen och näsvingarna och de små rynkorna som löpte från tinningarna in mot kinderna och det lilla lodräta hudvecket på hennes hakspets som om det varit en målning eller ett fotografi han haft framför sig, och när hon talade kunde han inte låta bli att tyst men tydligt härma de livfulla men samtidigt mjuka rörelserna hos hennes läppar.

Du är mycket lik din mor, sade han. Du är vacker på samma storartade sätt.

Egentligen skulle jag bära vatten åt fåren, sade hon. Men det kan vänta.

Vi kunde väl sätta oss en stund, sade hon. I skuggan.

Rönnarna i bersån hade aldrig blivit tuktade, de bildade en dunge snarare än en berså. Marita och Olof Helmersson satte sig i de vita plaststolarna som trängts in vid det lilla runda bordet med skiva av träribbor, de spretiga trädkronorna bredde ut sig ovanför dem.

Du behöver något att dricka, sade hon. Fastän du har cyklat ända hit svettas du inte.

Jag har slutat att svettas, sade Olof Helmersson. På Isabellas tid svettades jag floder. Jag kunde inte riktigt behärska mig.

Men Marita visste bättre. Det var inte en fråga om behärskning, alls inte. I flera år hade hon arbetat i den kommunala hemtjänsten, hon hade lärt sig att de gamla ofta glömde att dricka. De inbillade sig att de hade druckit. De kunde dö av uttorkning. Hon hade haft tre åldringar vid småvägarna mellan Rentjärn och Gransjö, nu var de alla borta. Man kunde alltid hoppas att nya åldringar skulle uppstå.

När jag blir gammal, sade han, skulle jag gärna ha någon som dig i närheten.

Och hon hämtade glas och en tillbringare vatten inifrån köket. När hon gick kunde han inte undgå att se hur kraftfullt och smidigt musklerna på hennes rygg och lår rörde sig under det tunna, blå tyget.

När jag inte tvingas iväg av mina åligganden, sade han, då bor jag i Umeå. Där är luften aldrig torr. Havsvindarna utifrån Holmsund för in fukt och svalka.

När hon för andra gången hade fyllt hans glas sade han: Du har samma seniga och starka händer som din mor.

Mamma sade alltid att jag mest var lik min far, sade Marita.

Ja, sade Olof Helmersson, det är egendomligt, men det finns något i ditt ansikte som inte är Isabella, men som jag ändå mycket tydligt känner igen.

Det är ganska naturligt, sade Marita. Du känner ju alla i de här trakterna.

Rönnlöven ovanför dem stod alldeles stilla, de föreföll nästan genomskinliga i det starka solljuset. Blomställningarna var redan på väg, om någon vecka skulle de slå ut. Fåren som inte fått något vatten fortsatte att bräka.

En gång i tiden, sade Olof Helmersson, stod vi varandra mycket nära, Isabella och jag. Det var jag som frälste henne.

Ja, sade Marita. Jag vet det. Du frälste storhopen. På sätt och vis frälste du mig också, jag föddes frälst. Vi kommer att vara tacksamma mot dig i evigheters evighet, vi i församlingen.

Församlingen? sade Olof Helmersson.

Gerda och jag, sade Marita. Vi är församlingen.

Gerda är döende, påpekade Olof Helmersson.

Jo, medgav Marita. Församlingen krymper. För tillfället.

Det var en befängd villfarelse från början till slut, sade Olof Helmersson. Jag borde aldrig ha gett mig in i den där verksamheten.

Din gärning är av oskattbart värde, sade hon. Den kan aldrig utplånas. Den hör evigheten till.

Det finns ingen evighet, sade han. Det är därför jag har kommit tillbaka. Jag måste tillrättalägga. Och dementera. Alltsammans. Innan vi alla går in i evigheten.

Nu var det hon som tankfullt, nästan närgånget granskade hans ansikte: huden som var skrynklad av sol och år, de tunga ögonlocken, hakspetsens lodräta hudveck, de knappt skönjbara ryckningarna i munvinklarna, de spruckna läpparna som han ideligen måste fukta med tungspetsen. Och de höga, trotsiga kindkotorna.

En aning mekaniskt, vid det här laget var det oundvikligt att han av och till började upprepa sig, med blicken fäst på hennes knäppta händer som hon lagt på det rangliga bordet, räknade han upp allt som hon omedelbart måste upphöra att tro på, alla sanningar som måste förkastas, alla övertygelser som så förrädiskt injicerats i henne med modersmjölken och som på ett löjeväckande sätt föreföll att skänka mening åt det i grunden meningslösa livet.

Hon lyssnade uppmärksamt. Och när han tystnat satt hon i tankar en stund, sedan fyllde hon på nytt hans glas och sade: Jag önskar att jag hade haft en slatt svagdricka åt dig. Men drickesbilen kommer inte längre.

Ja, fortsatte han, han hade i ungdomen påtagit sig ett fruktansvärt ansvar. Han hade förvillat själarna, hundratals oskyldiga själar. Och nu, när han så smått nalkades ålderdomen, var det hans plikt att försöka ställa allt tillrätta. Det hade sagts honom att unga män efter en natt av berusning kunde känna sig tvingade att fara omkring bland vänner och bekanta för att be alla förlåta och glömma vad de i ruset vållat. Han var, kort sagt, en före detta berusad.

Då böjde hon sig fram och strök honom försiktigt med pekfingret över knogarna. Du har varit till stor välsignelse för oss alla, sade hon.

Och han ryckte inte undan handen, nej tvärtom blev han kanske uppmuntrad av den där lilla smekningen. Efter att ha harklat sig länge och grundligt berättade han för henne om själva predikandet:

Egentligen hade det inte varit någon konst att frälsa människorna. Vokalerna var helt avgörande, de skulle komma djupt inifrån huvudets hålrum, ja från hela kroppen, och betonas och förlängas så att ingen kunde bestrida dem: Guuud. Döööden. Eeevigheten. Nåååden, Syyynden. Hoooret. Konsonanterna däremot kunde man spotta ut lite hur som helst. Pauserna fick man inte heller glömma, han vågade säga att han varit en pausernas mästare, hans pauser hade varit dräktiga och tunga av innebörd. Även leendet med kritade tänder var betydelsefullt, hela ansiktet skulle stråla av omvändelsens och försoningens lycka. Vokalerna, pauserna, den saliga munterheten, det var så han hade bedragit hela bygden och fört den bakom ljuset. Dessutom hade han utnyttjat dragspelet.

Det finns ingen dragspelsmusik nuförtiden, sade Marita. Berätta för mig om dragspelet.

Men herregud! sade han, han tänkte numera aldrig på dragspelet, han ville inte tänka på det! Det hade varit till förförelse, han hade huggit bort det ur sitt medvetande, han kunde knappast minnas hur tårdrypande det lät! Det hade varit av märket Hagströms, han hade köpt det på avbetalning hos en musikhandlare i Skellefteå. Det hade legat i en blå väska av pegamoid med dubbla förkromade lås. Bälgen var av kalvskinn och svart, dragspelaren Olle Johnny som varit verksam i dansens och syndens tjänst hade haft ett instrument av samma slag, det hade varit rikt ornamenterat med lister av silver och inläggningar av pärlemor.

Medan han på det sättet beskrev dragspelet slöt han ögonen och många av rynkorna i hans ansikte föreföll att slätas ut och försvinna, han strök med handen över den kala hjässan, de utspärrade fingrarnas vickande rörelser antydde eller visade det kraftiga, nästan vilda och lockiga hår som varit samtida med dragspelet. Och han böjde sig framåt och lyfte upp ett osynligt dragspel ur dess pegamoidväska, han

krängde läderselen över axlarna och lät spelet vila mot bröstet, förde armbågarna uppåt och utåt, gjorde några uppmjukande rörelser med tummarna och handlederna, därpå började han spela. Fingrarna for flinkt och säkert över knapparna. Medan den ljudlösa musiken från det osynliga dragspelet pågick, förklarade han vidare att det hade varit femradigt, haft kromatisk diskantskala genom fem oktaver och etthundratjugo bastangenter med fyrstämmiga dur och moll och dominantsextim och förminskade septimackord, givetvis hade det varit liktonigt, han kunde alltså dra bälgen ut eller in som han behagade. Församlingen hade välvilligt, ja nästan med hängivenhet övertagit ansvaret för avbetalningarna till musikhandlaren i Skellefteå.

Men sedan släppte han spelet, det fick falla till marken innan han spelat stycket till slut, ovisst vilket stycke. Han torkade bort fukten ur ögonen och sade: Egentligen var det ju inte musik, det var simpel manipulation och fingerfärdighet. Jag spelade inte ens efter noter.

När han tänkte på eländet kände han skam och ingenting annat.

Mamma talade om ditt dragspel varenda dag, sade Marita. Hennes allra sista ord i livet handlade om dragspelet.

Överhuvudtaget, fortsatte Olof Helmersson, var väckelsemusiken enbart falsarier och sentimental, ofta synkoperad smaklöshet och tarvlighet. Han kunde bara beklaga att Isabella medan hon ännu var i livet inte funnit vägen till en mer förädlad musiksmak. Numera lyssnade han för sin del inte till något annat än Bach och Bruckner och Brahms och Mahler eller Sibelius. Möjligen också Chopin, även om hans kompositioner ibland på ett betänkligt vis vette mot det frireligiösa.

Innan han anträdde den här resan, sade han till Marita, alltså medan han ännu satt på tionde våningen i Umeå uppfylld av tankar, hade han föreställt sig att han skulle kunna predika. Han hade utmålat för sig hur folket skulle samlas för att lyssna till honom, med väldig kraft och med stöd av en förkrossande bevisning skulle han förkunna sanningen för dem, och sanningen var att i stort sett ingenting fanns, ingenting av allt det som han en gång i tiden hade påstått och ropat ut och sjungit om och bönfallit stora delar av Västerbottens inland att bekänna sig till.

Han hade också i det fallet bedragit sig själv, så som han i hela livet med stor framgång bedragit sig själv.

Nu hade han insett att tvivlet och förnekelsen och förkastelsen knappast lät sig predikas, det saknade den rätta substansen.

Den predikande människan var beroende av att äga en tro. Och folket fanns inte längre, alla de som skulle ha samlats för att lyssna till honom och låta sig förvandlas. Folket hade till stora delar dött ut eller gjort sig oemottagliga eller flyttat till södra Sverige.

Vattnet var slut i hans glas och i tillbringaren men Marita tycktes inte märka det, hon fingrade på knapparna som höll ihop den blå klänningen och betraktade oavvänt hans skrovliga och trötta ansikte. Ett par skator flängde omkring och grälade uppe i rönnarna.

När hon sedan försökte åstadkomma någon sorts svar på det som han sagt om sitt ärende där i trakterna, råkade hon försäga sig på nästan samma sätt som Gideon försagt sig då han stående på knä framför vedspisen kramat Isabellas avbild i händerna. Hon sade: Stackars! Du skulle kanske ha haft dragspelet med dig, pappa!

Olof Helmersson satt länge alldeles stilla med blicken riktad ner i bordets nötta, flagnade träribbor. Men sedan såg han upp och granskade än en gång länge och grundligt Maritas ansikte.

Jag borde ha insett det, sade han till sist. Det var en väldig kraft i min säd.

Ja, sade Marita. Något åt det hållet brukade mamma också säga.

Du liknar Isabella, sade han. Men jag såg genast att du ärvt drag av någon annan, någon som jag kände igen, fast dunkelt.

Ja, sade Marita.

Det var mitt eget ansikte som parats med Isabellas, sade han.

Det kan nog stämma, sade Marita. Du ska ha varit enastående välskapad och grann.

Ja, sade Olof Helmersson. Det var jag.

Redan av hennes älskvärdhet när hon tog emot honom, förklarade han, och av hennes höviska sätt att bjuda honom vatten skulle han egentligen ha begripit att hon var hans dotter. Och av den samhörighet, ja intimitet, som han genast känt då de slog sig ner här i den hemtrevliga bersån.

Vill du ha mer vatten, pappa? sade Marita.

Tack, sade Olof Helmersson, men jag blir skvalpig i magen av alltför mycket vatten.

Ja, sade Marita. Det är likadant med mig.

Om han hade vetat att hon fanns, fortsatte han, skulle han till en början ha bett för henne och välsignat henne, senare tänkt väl om henne och önskat henne lycka till med livet och slutligen, då han blivit fullständigt klar över att skapelsen bara bestod av materia och ingenting annat, ja att den noga räknat inte var någon skapelse överhuvudtaget, då skulle han ha sänt henne en viss del av pensionen, förslagsvis ett tionde.

Tack pappa, sade Marita.

Du måste ha saknat mig ohyggligt, sade han.

Varför skulle vi ha saknat dig? sade hon. Vi hade ju allt vi behövde. Och församlingen.

Du var trots allt liksom faderlös, sade Olof Helmersson, och nu var det han som försökte sig på en liten smekning, han tryckte handflatan hastigt mot hennes underarm.

Sin himmelske Fader har man alltid, sade Marita.

Och i stort sett alla karlar i den väldiga släkten hade gång på gång anmält sig som frivilliga. I synnerhet Eskil i Svanliden. Och Gideon, innan han vart blind, ja även därefter. Och Arne i Linuses, han som låtsats vara som en styvfar för Kristina. Och Torvald, konstnären som varit i tidningen, till och med flera gånger.

De skräpen till karlar! sade Olof Helmersson. De skulle

aldrig ha kunnat komma till hos Isabella Stenlund!

Min dotter, fortsatte han efter att en stund ha masserat de slappa hudvecken på sin höga panna och gnidit sig i ögonen med handlovarna, jag önskar att jag i minnet kunde återkalla detta som skedde mellan Isabella och mig, det som uppenbarligen ägde rum mellan oss båda!

Du behöver inte anstränga dig, pappa, sade Marita. I din ålder, i de åren dit du har hunnit, är det nuet som riskerar att gå förlorat.

Ja, mot slutet hade närminnet förklingat och förflyktigats även för Isabella Stenlund!

Men, påpekade han, hans ålder var inte anmärkningsvärt hög. Nej, än hade han mycket kvar att uträtta och hans tankar blev för var dag allt genomskinligare och trängde allt djupare. Min skalle växer ännu, sade han. Två storlekar på åtta år! Du ska veta, sade han, att mina böcker skrev jag med hattnummer femtisju, nu har jag femtinio!

Ja, instämde Marita, det är nog inte många som har sådana huvuden som ditt.

Men minnet var dessvärre bedrägligt och trolöst, inte bara hans minne utan alla människors minne, ja, själva minnet som fenomen var högst tvivelaktigt. I själva verket var det tämligen oanvändbart när det gällde det förgångna. Fråga var om det överhuvudtaget förelåg något samband mellan det förflutna och minnet. Den förflutna tiden, sade han, är flyktig och obeständig. Ibland finns den, ibland inte.

Vattenhålet uppe i backen har sinat i värmen, sade Marita. Det är därför jag äntligen måste bära det där vattnet åt fåren.

Fast då han nu på förekommen anledning rannsakade sitt innersta, då kunde han verkligen framför sig se den där sensommarkvällen för mycket länge sedan:

Han hade frälst Isabella mot slutet av kvällsmötet, framförallt till tonerna av Tänk när släkt och vänner alla mötas där, som sjöngs unisont. Därpå följde han henne hem för ett eftermöte i hennes kammare på vinden. Nu kom han ihåg att hässjorna ännu hade stått ute och att Holmgrens häst som gick ute på bete hade gjort dem sällskap ett stycke av vägen. De hade båda varit uppfyllda av en glädje som gränsade till himmelsk sällhet. Att bli frälst är stort, att få vara den frälsande är snäppet större. För hans inre syn visade sig nu också mjölkbordet, på dess framsida hängde en affisch om det just avslutade väckelsemötet. Längst ner på den gula affischen stod det enda ordet DRAGSPELSMUSIK.

Under eftermötet på kammaren hade de båda råkat i hänryckning, han och Isabella. Han vågade påstå att de hade varit hjälplösa. En makt som de inte kunde behärska hade haft dem i sitt våld. De hade ju också varit lätt klädda i tunna sommarkläder bägge två.

Du är sannerligen inte avlad i synd, sade Olof Helmersson. Nej, alldeles tvärtom!

Själva frälsningen, tillade han, hade givetvis varit inbillning och hjärnspöken. Men allt det övriga hade varit solid och ljuvlig verklighet.

Vi i församlingen, sade Marita, är oändligt tacksamma att du äntligen har återvänt till oss.

Min älskade dotter, sade han, du måste inse att jag inte längre är densamme.

Men den lilla invändningen föreföll att i stort sett gå henne förbi.

Han hade varit borta alltför länge, sade hon bara. Och det var ju allmänt känt vilka kätterier som frodades i Ume. Om han gav sig själv tiden skulle han snart med församlingens och Frälsarens hjälp vara i gammal god form igen.

Du kan aldrig gå förlorad.

Och hon påpekade också att församlingsgemenskapen hade försvagats på senare år, församlingslivet hade gått tillbaka, det var inte längre alldeles tillfredsställande.

Så vi behöver dig, pappa, sade hon.

När hon sedan tog den röda plasthinken för att gå till fåren och Olof Helmersson satt sig upp på sin cykel hade han alltså i viss utsträckning på nytt blivit församlingsföreståndare.

Det var sen eftermiddag innan han kom till Gerda i Inreliden. Hon låg djupt nerkrupen under täcket, den stickade bäddkoftans krage var uppvikt mot kinderna. Snöar det igen? sade hon. Den här vintern tar visst aldrig slut.

Det är sommar, sade han. Den varmaste sommaren sedan nittonhundrafemtisju.

Förlåt mig, sade hon. Almanackan är som hon är.

Ett litet försumbart misstag, sade Olof Helmersson. Det kan hända vem som helst.

Och hon frågade om han hade tagit sig ner till Avaviken

som han lovat, om han sett till båten, storbåten som Jakob byggde och som låg uppdragen på stranden intill Holmgrens båthus. Att inte isen hade tagit den eller att den inte var vattenfylld och måste ösas.

Nej, ännu hade han inte haft tid, hans dagar var om man så säger fyllda av själavård, men han skulle snarast möjligt gå den långa stigen ner till Avaviken och Jakobs båt, han förstod mycket väl hennes oro, toften kunde ha lossnat, årorna kunde ha blivit stulna.

Vi stjäl inte av varandra, sade Gerda.

Men nu hade han äntligen gjort sig ärende till Stenlunds, sade han. Marita hade fullt upp att göra, hon odlade grönsakerna och skötte fåren.

Ja, sade Gerda, Marita, hon är sannerligen till välsignelse.

Hon hälsade till dig.

Jag vet inte, sade Gerda, hur vi i församlingen skulle klara oss utan Marita Stenlund. Hon kommer att efterträda mig som ordförande.

Sedan nämnde Gerda att hon behövde hans hjälp i ytterligare en angelägenhet. Hon sade det inte tillfälligtvis och i förbigående, nej hon lyckades höja och bemästra sin röst mellan flämtningarna så att det tydligt framgick att detta var ett företag av yttersta vikt, ja att det kanske var för just den sakens skull som hon så tappert hade väntat på honom genom årtiondena.

Men han svarade inte, man kunde tro att han trots allt inte hade hört hennes önskan, efter att ha tigit en stund sade han bara: Jag kommer i morgon igen, om förmiddagen, när Asta har gett sig av. Då ni bägge är färdiga med era sysslor.

Så blev det inte. På det mest oförmodade sätt skulle han bli uppehållen på vägen, något inträffade som varken han eller Gerda hade kunnat föreställa sig.

Innan han kom hem till Ivar och Asta och kroppkakorna fick han också tillfälle att växla några ord med Kristina. Hon stod uppe på taket till farstukvisten, i händerna hade hon en pensel och en burk målarfärg. Hon var i färd med att fylla i den vita färgen i siffrorna som var målade utanpå det faluröda virket mellan fönstren på andra våningen.

1860

Det där ser farligt ut, ropade han till henne. Om du faller dräper du dig! Du borde ha en byggnadsställning!

Vi har alltid klarat oss utan byggnadsställningar, svarade hon.

Du kunde låta din karl göra det! sade Olof Helmersson.

Han duger inte till det! sade Kristina. Han är från Stockholm.

Är det ett årtal? frågade Olof Helmersson. Artonhundrasextio?

Jag tror det, sade Kristina. Vi har haft det i alla tider.

Hände det något särskilt det året? undrade Olof Helmersson.

Det vet jag inte, sade Kristina, men det står här för att vi aldrig ska glömma det.

Sedan återgick hon till arbetet, hon använde en kraftig streckpensel med långt skaft. Under årtalet stod bokstaven C, även den behövde ny färg.

Ibland läste Asta högt ur Norra Västerbotten vid frukosten, en eller annan notis eller annons. Nu hade en göteborgare vunnit forsränningen i Mårdseleforsen.

Och sörlänningarna köper våra fotbollsspelare, påminde Ivar. Vi har nästan inga älgar längre. Våra författare är gamla och dör och det blir inga nya. Vi har skickat iväg våra kor och kalvar till slakteriet. Och vi vinner inte Vasaloppet längre.

Vilka vi? undrade Olof Helmersson.

Släkten, sade Ivar. Trakten. Landsändan. Lindbergarna och Isakssönerna och Lundströmarna och Almarna och Brännströmarna. Hemmingen och Storliden och Björknäs och Bjursele.

Och inte bygger vi några orglar längre, sade Asta.

En högst tillfällig nedgångsperiod, sade Olof Helmersson. Sedan reser sig bygden igen. Till förnyad storhet.

I backen ovanför skolan som brandkåren nyligen bränt ner ligger Lundmarks garage. När man långsamt rullar nerför sluttningen framför garaget och med foten på bromsen svänger till höger i kurvan ovanför den igenvuxna myrodlingen, då skymtar man Linuses mellan granarna.

Då han passerade kurvan och skulle börja trampa igen, backade ambulansen just ut mellan grindstolparna.

Stockholmaren satt på trappan, han hade en knippa rädisor bredvid sig.

Hon ramlade alltså från verandataket, sade Olof Helmersson. Jag varnade henne.

Nej, sade Stockholmaren. Hon ramlade inte.

Olof Helmersson hade ställt cykeln mot staketet, nu satte han sig bredvid Stockholmaren. Burken med vit färg stod på nedersta trappsteget, den tvättade penseln låg på locket. Ett par sädesärlor sprang omkring i det nyklippta gräset.

Men vad är det som har hänt? sade Olof Helmersson.

Det var meningen, sade Stockholmaren och använde alltså ett uttryck som visade att han inte var alldeles nyinflyttad. Det var oundvikligt.

Och Olof Helmersson rättade honom: Ingenting kan vara meningen, det finns ingen mening. Men allting som händer är naturligtvis oundvikligt, annars skulle det inte hända.

Jag såg ambulansen, sade han också. Det var utan tvekan en ambulans.

Ta en rädisa, sade Stockholmaren. De är som bäst just nu. Innan de blir träiga och beska.

Solen stod redan högt ovanför granarna, Stockholmaren var tvungen att ideligen torka svetten ur pannan, Olof Helmersson som inte kunde svettas längre flyttade sig närmare en av verandastolparna för att finna lite skugga.

Gud give att det ville bli regn, sade han. Jag tror inte att jag tål den här värmen i det långa loppet. Utan lön få vi bära dagens tunga och solens hetta. Tecken skola ske i solen och i månen och i stjärnorna, och på jorden skall ångest komma över folken.

Det var sannolikt de orden om den långvariga och olycksbådande värmen, uttalade med en röst som trots allt behållit sin pastorlighet, som hjälpte Stockholmaren att avlägga sin bekännelse:

Det var värmens fel alltsammans. Han hade klätt av sig alldeles naken, berättade han. Stödd på ett räfsskaft hade han stått i skuggan under gårdsrönnen. Och Kristina hade skrattat åt hans pung, den nådde nästan ned till knäna, hade hon sagt.

Detta var givetvis den förfärliga värmens fel. Värmen och naturlagarna.

Men sedan hade hon blivit mycket, mycket allvarlig. Klä på dig, hade hon sagt. Vi har aldrig varit nakna utomhus. Vi har aldrig visat oss offentligt utan kläderna.

De där orden om pungen hade förargat honom en aning.

Jag förstår dig, sade Olof Helmersson. En anmärkningsvärt stor pung, det är knappast något att hånskratta åt.

Men, fortsatte Stockholmaren, då hon sade *Vi* på detta självgoda, tveklöst främlingsfientliga sätt, då var det något som gick sönder inuti honom. I alla år hade hon använt detta *Vi*, mestadels hotfullt riktat mot honom, alltid uttalat med stora bokstäver, ja alfabetets största bokstäver och i en undervisande, överlägsen, klandrande ton, ett *Vi* så fyllt av högmod och bördshögfärd, chauvinism och storhetsvansinne att det i längden inte kunde uthärdas. Under all deras gemensamma tid hade han tåligt burit detta *Vi* på sina axlar, knutit nävarna inom sig, tigit och lidit. I sitt *Vi* inneslöt hon alla förfäder och släktingar och myrodlingar och krondiken och efterkommande intill tredje och fjärde led och kallkällor och hässjestörar med sex pinnar och Vindelälven och Avaträsket och de ingifta morbröderna, ja allt och alla, men inte honom. Nej, aldrig honom. Med sitt groteskt uppförstorade, utdragna och aningen nasala *Vi* uteslöt hon honom ur alla tänkbara gemenskaper, hon utpekade honom som utomstående och oduglig och evigt fördömd.

Det finns ingen evig fördömelse, lyckades Olof Helmersson skjuta in.

Men nu, fortsatte Stockholmaren, när hon alltså för sista gången sade *Vi*, då knäcktes en fördämning i honom och en gröntonad fors av vrede och sårad självkänsla och berättigad bitterhet vällde fram i hans inre och strömmade ut i hans lemmar.

Ja, instämde Olof Helmersson, även han kände sedan länge till detta *Vi*, som mestadels uttalades Ve, så att den som så önskade kunde tolka det som ett ve över allt främmande, ett verop riktat mot resten av världen. Han mötte ordet och de bakomliggande tankarna dagligen.

Och han hade lämnat skuggan under gårdsrönnen, fortfor Stockholmaren, och i sin nakenhet och sitt ursinne och med hjälplöst slängande pung hade han rusat fram till henne, hon hade just rest sig upp vid kanten av trädgårdslandet.

Hon hade dragit upp de här, sade han och pekade på rädisorna. Hon höll just på att vrida av blasten.

Och han lade händerna om hennes strupe och tryckte och vred på ungefär samma vis som hon hade gjort med rädisorna, aldrig mer skulle hon förmå att säga *Vi*. Det var ett samvetsgrant och noga genomtänkt plötsligt och besinningslöst utbrott av förtrytelse och rättskänsla.

Hon hann aldrig säga ett ord, inte ens ett ord med bara två bokstäver. Ett beskedligt gurglande, det var allt.

Jag tycker mig se en blodfläck därborta i gräset, sade Olof Helmersson.

Ja, när han lade ner henne, sade Stockholmaren, hade det kommit blod ur hennes mun. Men det var inga större mängder. Ingenting att fästa sig vid. Och snart hade talgoxarna gjort alldeles rent.

Det var helt riktigt: talgoxarna tog verkligen hand om blodet, grässtrå för grässtrå. Asta for förbi ute på vägen, hon vinkade åt dem genom den nervevade sidorutan. De kom sig inte för med att vinka tillbaka.

Olof Helmersson skärskådade Stockholmarens ansikte.

Om ett antal år, sade han, börjar jag närma mig ålderdomen. Och jag har aldrig förut sett en mördare.

Nej, sade Stockholmaren. Jag har inte heller sett någon mördare.

Men vad gjorde du då du insåg att hon var död? frågade Olof Helmersson.

Jag gick in och ringde, sade Stockholmaren.

Han hade alltså ringt. Nödnumret ett ett två. Egentligen var det väl ingen nödsituation, men det var det enda han kom att tänka på i hastigheten. Och ambulansen skulle komma omedelbart.

Han hade mött idel vänlighet, han hade inga klagomål. Sedan hade han klätt på sig, han ville givetvis inte vara naken när ambulansen kom.

Det är ofint, sade han, att visa sig naken för främlingar. Så att säga offentligen. Det har vi aldrig gjort.

Och polisen? sade Olof Helmersson.

Ja, han hade beskrivit händelsen alldeles som det förordades på pärmens insida i telefonkatalogen. Så ingående som han förmådde, måste han tillägga, han hade ju ännu inte det avstånd till det inträffade som en fullständigt entydig berättelse kräver. Tyvärr hade polisen inte möjlighet att komma, det var trots allt tjugo mil utifrån kusten till det innersta inlandet, de tillgängliga västerbottniska patrullerna övervakade just den här dagen biltrafiken på Europavägen. Men i morgon skulle de komma. Han fick inte avvika, han måste ha lite tålamod, vi lovar att hämta dig hade de sagt, mördaren skulle inte oroa sig, han skulle bara fortsätta att leva alldeles som vanligt. Allting skulle ordna sig till det bästa.

Det är därför jag sitter här, sade han och tog ännu en rädisa. Jag måste bara få tiden att gå.

Jag kan hålla dig sällskap, sade Olof Helmersson.

Hädanefter blir det ju ännu ensammare här i Linuses, sade Stockholmaren. Och sedan frågade han: Tror du att jag kan lita på dem?

Om man inte kan lita på polisen, svarade Olof Helmersson, då är ingen tillit möjlig.

*

En och annan svala susade förbi framför dem bara någon meter ovanför gräset, kanske skulle det äntligen bli regn. Kristinas penséer och frösådda tagetes blommade redan i långrabatten intill grusgången, där flängde och studsade humlorna omkring. De två männen på trappan försökte samtala, men ingen av dem tycktes på allvar kunna fånga den andres uppmärksamhet, mestadels stirrade de bara tomt framför sig, på gräset, den öppna grinden, svalorna, Kristinas grönsaksland, skogsranden där en grå skuggning på himlen möjligen antydde att moln var på väg.

Myggorna har inte kommit än.

Nej. Vi har inga myggor.

I tystnaden, som förmodligen var tankediger, kunde de höra varandras andning, den före detta väckelsepredikantens snabba och en aning väsande, mördarens tunga och långsamma, nästan suckande.

Men citronfjärilarna är fler än förr i tiden.

Ja. Citronfjärilarna.

Ibland sänkte Stockholmaren blicken och såg på sina händer, de var stora och grova, nästan som om de varit från trakten och inte söderifrån. Kanske hade de fått en ny innebörd för honom så att ögonen på nytt måste vänja sig vid dem.

Så gjorde Olof Helmersson ett försök att hålla sig till ämnet, om det nu fanns något ämne.

Då de kommer och hämtar dig, sade han, måste du minnas att låsa ytterdörren efter dig.

Ja, sade Stockholmaren, jag har tänkt på det. Och lyfta tillbaka grinden på gångjärnen.

Och ta ner vimpeln från flaggstången, sade Olof Helmersson.

Ja. Och tömma vattenledningen.

När solen stod som högst och verandan och trappan alltså hade kommit i skugga, gick Stockholmaren in och gjorde smörgåsar åt dem. Han lade dem på en bricka och bjöd pilsner till.

Det är Kristina som har bakat brödet, sade han.

Det var ett ljust och luftigt bröd med frasig, ockragul skorpa.

Vi kallar det sötstöptlimpan, sade han.

På brödet hade han brett ett kraftigt lager messmör.

Det är en svår konst att göra messmöret, sade han. Vi beställer vasslan från mejeriet och hämtar mjölken i Raggsjö, det har vi alltid gjort. Sedan urminnes tider har vi gjort messmöret på samma vis. Och i samma gryta, vi övertog grytan med huset. Vi kokar messmöret på vedspisen för att få den rätta värmen, järngrytan har en botten som är en halvtum tjock.

Ja, sade Olof Helmersson. Den smaken känner jag igen. Sötma och sälta och bitterhet, allt blandat på det mest förvirrande sätt. Så har det alltid varit.

Medan de ännu tuggade de sista smulorna av smörgåsarna sade Stockholmaren: Du som är pastor och säkert vet, nu kommer jag väl till helvetet?

Då gned Olof Helmersson länge ansiktet och ögonen, han sökte efter orden, han trevade och letade djupt nere i sitt minne.

Det finns åtskilliga helveten, svarade han till sist, ja tusentals. Många av dem har jag glömt. Det är evigheter sedan jag tänkte på dem. Somliga helveten är till råga på eländet en aning motbjudande. Men när du nu frågar.

Och han redogjorde för några av de vanligaste helvetena, äntligen hade han ju också en åhörare efter sitt sinne:

Gemensam för alla helveten var landskapstypen: platt, själlöst lågland, gyttja, slam, lervälling, här och var vulkaniska eldar, bubblande heta källor, ett och annat petrifierat träd. I trädens grenar var sladdertackorna och lögnhalsarna och bedragarna upphäktade med krokar genom lungorna. Horbockarna och hororna fanns alldeles intill, de var hängda vid håret. Alla äktenskapsbrytare och förrädare och avfällingar satt till midjan i de vulkaniska eldarna, de fick gång på gång ögonen utstuckna med glödande järnstänger.

Ganska snart återfann Olof Helmersson också sin gamla predikantröst, Stockholmaren blev tvungen att flytta sig undan ett litet stycke. Det visade sig att Olof Helmersson mindes de olika helvetena förvånansvärt väl. Han viftade med händerna och gnuggade dem mot varandra, ett par gånger knäppte han dem, faktum är att han till och med smackade med tungan och slickade sig om munnen.

Slutligen var han framme vid mördarnas alldeles särskilda helvete:

De fick trängas på ett smalt näs av klippblock och vassa stenskärvor, mördarna och dråparna således, deras huvuden och axlar var täckta av krälande likmaskar, djur av alla sorter sög deras blod och knaprade på deras kött, myggor stora som ekorrar och krokodiler små som katter och getingar av kråkors storlek; när mördarna försökte lägga sig ner på stenskravlet för att vila någon stund var en djävul genast där och tog strypgrepp på dem och lyfte upp dem. Och på stranden alldeles intill stod alla mordoffren och ropade oavbrutet i kör: O Gud, rättvis är Din dom.

Stockholmaren satt alldeles tyst, han studerade fortfarande sina händer. Till slut suckade han: Så klart och uppriktigt har ingen förut talat till mig.

Då böjde sig Olof Helmersson fram och sträckte ut handen och klappade honom varligt på knät. I själva verket, sade han, är helvetet ingenting att fästa sig vid.

Nej, hela historien var påhittad av egyptierna för flera tusen år sedan, eller kanske av mesopotamierna, nå det spelade ingen roll, alltsammans var sagor som forntidens obildade folk hade använt för att skrämma varandra, grekerna och indierna och det judiska folket var också inblandade, helvetet var ett uselt konstverk, alldeles som himmelriket som ur konstnärlig synpunkt var ännu sämre, i sin egenskap av själasörjare kunde han gå ed på att Stockholmaren, trots att han alldeles tydligt hade mördat Kristina, aldrig skulle behöva komma till helvetet!

Men innan Olof Helmersson lämnade Stockholmaren ensam på trappan till Linuses, där han skulle sitta stilla och vänta på att polisen skulle hämta honom, sade han: Jag har en dotter som jag älskar högre än allt annat, hon heter Marita. Om någon gjorde henne illa, då skulle jag önska att gärningsmannen fick brinna i helvetet!

Då Asta och Ivar fick höra vad som hänt hos Linuses, alla detaljerna, och sedan också låtit hela skeendet målas upp och bli synligt i ett samtal där de växelvis tillförde den ena omständigheten och enskildheten efter den andra och där Olof Helmersson också kunde bidra, hur det hela måste ha sett ut och låtit och hur faslig Stockholmaren sannolikt hade verkat i allt sitt elände och vad som rimligen hade hänt med Kristinas ansikte då luften tröt för henne så att säga i det avgörande ögonblicket, vi är ju ändå släkt, sade först Asta och sedan Ivar, de här stora ögonen och kraftiga läpparna, när de alltså hade tillåtit sig att i andanom se hela scenen framför sig, eller egentligen alla scenerna från Stockholmarens skamlösa avklädning fram till ögonblicket då han lät henne falla ner i gräset, då sade Asta: Noga taget har vi väl aldrig väntat oss något annat. Fast det är första gången någon av oss blir dräpt. Vi har brukat klara oss.

Och Ivar sade: Nu får vi ännu ett ställe som står öde och förfaller. Sade du åt honom att spika masonitskivor för fönstren innan de hämtar honom?

Nej, sade Olof Helmersson. Det glömde jag.

Och Asta kunde inte låta bli att ett ögonblick tänka över det där enda ordet som tydligen hade retat Stockholmaren till ursinne, ja som för en kort stund hade fått hans själ att slitas sönder, det lilla ordet *Vi*. Jag tycker att det är ett vackert ord, sade hon. Vi använder det ideligen.

Olof Helmersson instämde. *Vi* är ett av språkets ädlaste och varmaste ord, sade han, fyllt av stolthet och värdighet. Särskilt ville han understryka att *Vi* uttryckte den innerliga och nödvändiga samhörigheten mellan människor, att utan *Vi* skulle ingen medmänsklighet vara möjlig, ja i grunden var hela skapelsen innesluten i det där korta och oansenliga ordet.

Den natten kunde Olof Helmersson för första gången inte sova, han låg och vred sig på den nya, fasta kallskumsmadrassen som Ivar hade skaffat i Lycksele. Då det flacka, dimliknande nattljuset började bli klarare och skarpare steg han upp ur predikantsängen. Det långa medlutet nerför liden förde honom ända fram till den hopsjunkna grinden vid Nedre Avabäcks och Holmgrens myrodlingar. Kanske var klockan ett, möjligen nästan två om natten, stigen var halvt igenvuxen, han fick treva sig fram genom snår av vide och aspsly och krypande enar. Där, bland löven, hade myggorna suttit gömda, de som dittills inte visat sig uppe vid husen, nu anföll de. Då han kom ner till stranden och med händerna strök sig över pannan och kinderna och ögonlocken blev fingertopparna och handflatorna röda av blod.

Men han kunde inte finna båten, Jakobs båt som Gerda hade bett honom att se till. Han gick mot Holmgrens båthus, där halva taket och den norra väggen hade sjunkit samman, men han fann ingen båt, varken Jakobs eller någon annans.

Fast vid den södra väggen upptäckte han en murken bräda som vilade mot en starrgrästuva. Och när han sparkade i mossan och myrjorden kom andra rester av trävirke fram, bruna, sönderfallande små stycken av en köl och bord och sittbrädor och durk och spant och årtullar, även rostiga, krökta nitar och ett buckligt öskar. Ja, här hade det för mycket länge sedan legat en båt, en ganska stor båt, den som Jakob hade byggt.

Där mittbrädan kan ha suttit växte en stor och kraftig björk, den hade långa hängen som vilade mot båthusets insjunkna tak.

Det undrade Ivar och Asta ibland: Hur länge kunde han komma att stanna? Men de frågade honom aldrig. Själv sade han ingenting om uppbrott eller avfärd, han betalade för en dag i sänder, en rund summa för kost och logi, han nämnde aldrig möjligheten av ett fast pris per vecka eller månad, överhuvudtaget betedde han sig som om varje dag kunde vara den sista.

Kan han ha något ärende kvar? sade Ivar.

Om han någonsin har haft något? sade Asta.

Inte kunde man väl påstå att detta som hänt hos Linuses verkligen gav honom ett ärende, men någon sorts budskap tycktes det trots allt peka på, mordet som han nästan hade bevittnat, ett budskap som var mera handfast och kroppsligt än det ursprungliga och en smula töckniga och nebulöst förnekande som först fört honom till trakten.

Lokalredaktören, som alltså härstammade från Jörn, satt där han alltid brukade sitta, han sköt genast fram det senaste bladet ur ordbehandlarens skrivare. Han närmade sig slutet, sade han, stoffet var på upphällningen, de muntliga källorna hade sinat för länge sedan och han var inte längre så övertygad om att Karl den femtondes besiktning av myrdikningen hade haft någon avgörande inverkan på bygdens utveckling. Olof Helmersson vek samman papperet och stoppade det i fickan.

Och mordet avvisade tidningsskrivaren, inte bara mordet i sig självt utan också mordet som nyhet. Om det nu hade inträffat, och det fick man väl förutsätta eftersom sagesmannen var en andens man, så måste han ändå tacka nej till all befattning med saken. Något så stort och betydelsefullt, enkelt uttryckt nyskapande, skulle han aldrig tillåtas att skriva om i tidningen. Han sade det utan bitterhet, nästan i förbigående.

Nej, sade han, mord och dråp och våldtäkter, det är centralredaktionens sak. De har en särskild reporter. Han är från Ragvaldsträsk.

Och Olof Helmersson kunde bara beklaga att sådana institutioner fanns, sådana som stod mellan verkligheten och folket, som exempelvis centralredaktionen.

Men vad sade du att de där blommorna hette som just hade slagit ut? sade lokalredaktören. Jag kunde nog få in en notis.

Marita ställde ner motorsågen på marken och lät motorn stanna. Hon kapade ved bakom uthuset, håret och ansiktet blänkte av svett, stora fuktblommor hade slagit ut på den orangefärgade overallen.

Omfamnade de varandra, fadern och dottern? Det blev inte av, han klappade henne försiktigt på skuldran, hon vidrörde hastigt hans kind.

Om jag hade vetat att jag hade en dotter, sade han, då hade hennes bild kommit att växa fram för min inre syn. Henne hade jag kunnat se. Men inte motorsågen.

Älskade lilla pappa, sade hon. Hur skulle jag kunna klara mig utan motorsågen?

Och hon redogjorde för allt som hon kunde uträtta med hjälp av motorsågen. Trädfällning och som synes kapning. Grövre snickeriarbeten. Avlivning av sorkar, man ledde avgaserna ner i jordgångarna. Undanröjning av allt som var föråldrat och murket och överflödigt och oanvändbart. Till och med vid lammslakten kunde hon i enstaka och särskilda fall använda motorsågen.

Och han frågade inte hur hon använde motorsågen mot lammen.

En ensam kvinna kan inte klara sig utan motorsågen, sade hon. Ja, hon tackade Gud för motorsågen.

Den dottern som jag inte visste att jag ägde och som jag eventuellt skulle kunnat se för min inre syn, sade Olof Helmersson, hon skulle ha en ljusblommig klänning och spetsar vid handlederna och sitta vid pianot, bredvid henne på pianopallen skulle hennes broderibåge ligga, bakom blommorna på salongsbordet skymtar man hennes poesialbum.

Kära pappa, sade Marita Stenlund, det skulle inte förvåna mig om du också hade en sådan dotter.

Han stödde sig mot hornen på sågbocken, benen darrade svagt efter cyklingen i motlutet mot Stenlunds.

Älskade Marita, sade han, jag måste be dig att du sätter dig ner. För säkerhets skull. Jag har något fasansfullt och ofattbart tragiskt att tala om för dig.

Och hon satte sig verkligen på huggkubben. Intill den hade hon en vattenflaska stående, hon drack några klunkar.

Medan han redogjorde för allt det andlöst vidriga och till en del blodiga som hänt hos Linuses och allt som han själv i viss mån upplevt i sammanhanget, satt hon helt stilla och såg på honom och lyssnade, inga darrningar eller ryckningar syntes i hennes ansikte, händerna vilade mot låren, inga tårar kom i hennes ögon hur mycket han än lät sin röst skälva. Då han tystnat teg hon en stund och tog ytterligare några klunkar ur vattenflaskan, sedan sade hon:

Jo, det måste ha varit ohyggligt för dig, pappa.

Fast de hörde ändå inte till församlingen, lade hon till.

Hon hade lyft upp sågen i knät, med fingertopparna kände hon prövande på kedjan. Den behövde förmodligen filas.

Det handlar trots allt om två ofrälsta själar, sade han. Det borde du betänka. Som blivande ordförande i församlingen.

Det spelar ingen roll, sade hon och böjde sig ner över sågen för att närmare granska ett par tinnar. Allt och alla vilar i Guds hand.

Det var tydligt att hon tyckte att hon hade haft liten anledning att sätta sig ner.

Också idag bräkte fåren och lammen uppe i hagen. Och någon av tackorna hade tydligen en pingla i halsremmen.

Och Olof Helmersson var tvungen att medge att han som förnekare och förkastare givetvis inte hade någon rätt att lägga sig i hennes omdömen och värderingar, nej inte ens någon skyldighet trots att hon var hans eget kött och blod. Gud hade ingen hand där någon kunde vila och människorna var lika själlösa som lammen, de som hon undantagsvis vid slakten behandlade med motorsågen. Han hade som far bara velat antyda att det fanns olika, fullt tänkbara sätt att ta emot den fasaväckande underrättelse som han kommit med.

Hon hade rest sig upp, nu fingrade hon på gasreglaget. Motorsågen hette Jonsered.

Jag lovar, sade hon, att vi i församlingen ska be för Kristina och Stockholmaren. I varje fall för Kristina.

Olof Helmersson hade flyttat sig från sågbocken till hopen av osågad ved, nu låtsades han syna ett par av stockarna.

Man kan inte be för de döda, påpekade han. Det är inte i enlighet med reglerna.

Det glömde jag i hastigheten, sade Marita.

Ska jag hälsa till Gerda? frågade han.

Jo, sade hon, det är egentligen för vidrigt varje gång någon av oss dör.

Ja, sade han, sorgen är alltid lika omskakande.

Vi borde få fortsätta att leva allihop. De andra är ju så många.

Och Marita satte ner motorsågen i sågspånen vid sågbocken och omfamnade honom länge och grundligt, han kysste henne faderligt på halsen, så hade han alltid kysst kvinnor som omfamnat honom. Jo, sade hon, det ska du göra, hälsa till Gerda! Jag är så innerligt glad och tacksam att du kom!

Gerda sov. Asta hade redan varit där, hon var tvättad och kammad och hade sörplat i sig ett par skedar välling, nu skulle hon bara vila inför dagens påfrestningar. Han lät henne sova, hon snarkade svagt och orytmiskt trots att hon var magrare än någon annan människa han sett. Smygande på tå drog han klockan i köket, öppnade fönstret ut mot skogen och fågelsången, sköljde ur vällingkoppen som blivit kvar på nattduksbordet, i all enkelhet gjorde han en liten stund tjänst hos henne. Sedan satte han sig på pinnstolen vid sängens huvudända. Då vaknade hon.

Du behöver inte berätta något för mig, sade hon. Asta har redan gjort det.

Naturligtvis, sade han. Asta.

Man borde inte säga sådant till en döende människa, sade Gerda. Det är en aning hänsynslöst.

Ja, sade Olof Helmersson. Man ska inte störa friden i onödan. Friden och kontemplationen.

Inte för det, sade Gerda. Men då man ligger på sitt yttersta har man inte kraften att gå till grannarna och prata igenom saker och ting.

Hon blundade ett tag, hennes panna rynkades, med handen gjorde hon små veck i det vita lakanet som Asta brett över henne.

Vet du, frågade hon, vet du om han talade om för henne varför han dräpte henne?

Nej, sade Olof Helmersson, det vet jag inte, det sade han ingenting om. Men de hade levt samman länge, de förstod nog varandra utan att behöva säga särskilt mycket.

Att dräpa någon utan att säga varför, det är grymt, sade Gerda.

Ja, sade han tankspritt, det är ganska grymt.

Vi har så mycket att uträtta, sade Gerda, jag förstår inte hur vi ska hinna. Och jag är ju inte så flink längre.

Ingen har mer tid än vi, sade han. Vi två har all tid i världen.

Men ändå, sade hon.

Och hon räknade upp allt som måste bli gjort:

Ännu en fråga om det gudomliga måste ställas och bli besvarad.

Hon var tvungen att i tid sätta från sig.

Fönstret skulle stängas innan nattkylan kom.

Hon var skyldig att överlämna uppdraget som ordförande i församlingen åt efterträdaren medan tid var.

De fick inte glömma att genomföra det där härliga företaget som var nödvändigt för hennes förlossning från synden.

Har jag verkligen lovat det? sade Olof Helmersson.

Ja, det hade han lovat.

Och de kanske borde skriva dödsannonsen så att lokalredaktören kunde posta den och sända den åt Skellefte i rättan tid.

Han postar ingenting numera, sade Olof Helmersson. Han mejlar.

Jag vill att det ska stå Tänk när släkt och vänner alla mötas där. På den gyllne stranden, skiljas aldrig mer. Prisa Gud och Lammet!

Ja, sade Olof Helmersson. Det är vackert.

Och vi måste taga oss ner till Avaviken, sade Gerda. Och se åt om båten. Jakobs båten.

Det har jag redan gjort, sade Olof Helmersson.

Hon började med sin fråga, en av de där frågorna som hon snart hade grubblat över i ett helt liv: Då jag säger mina böner tyst för mig själv, hur kan Han då höra mig? Och de oräkneliga bönesuckarna?

Och som vanligt dröjde det en stund innan hon kunde tala om för honom vad hon hade hört honom svara: Du befinner dig redan inne i Gud, hela skapelsen och du själv vilar sedan begynnelsen i Gud, Han hör din röst och dina böner inifrån sig själv. Och bönesuckarna. Det kan du vara förvissad om, Gerda.

Jag vet inte hur jag ska kunna tacka dig, Olof Helmersson, sade hon sedan. Om du inte hade kommit tillbaka till mig, då hade jag dött i ovisshet. Utan dig vet jag ingenting.

Det var fint sagt, sade han. Men du överdriver en aning.

Ja, det var mycket de inte fick glömma, de två var tvungna

att taga hand om allt som ingen utomstående fick lägga handen vid, hon och Olof Helmersson. Såsom kvarlåtenskapen.

Den sista dagen hon ännu fullt ut var i livet, den yttersta dagen innan hon utmattad lade sig ner här i sängen, då hade hon tagit bussen åt Norsjö. Och på banken hade hon tagit ut allt som fanns på sparbanksboken, varenda krona som Jakob en gång i tiden hade fått över och dikningsbidraget och mjölkpenningarna som kommit så länge hon hade korna och arvet efter fastern som dog barnlös i Hällnäs, hon som städat på sanatoriet, och så småningom även pensionen. Allt detta hade hon tagit ut, och hon hade häpnat.

Förunderligt rikt är ett människoliv, sade hon.

Och innan hon gick i säng, innan hon, för att uttrycka sig så, slutgiltigt lade sig, hade hon slagit in de där gamla sedelbuntarna i dagens Norra Västerbotten. Och nu, sade hon, nu ska församlingen ärva mig.

Det är verkligen storsint och frikostigt av dig, sade Olof Helmersson.

Du kan se efter att paketet ligger kvar, sade hon. I mellersta lådan i chiffonjén inne i salen.

Mycket riktigt, där låg det, ombundet med ett hampsnöre, något större än en tegelsten. Papperet, ett nummer av Norra Västerbotten, var en aning gulnat. En traktor hade gått igenom isen på Byskeälven.

Som sagt, sade Olof Helmersson, båten nere vid Avaviken har jag besiktigat, Jakobs båt.

Ja, sade han, den låg just där Gerda hade sagt, alldeles intill Holmgrens båthus. Han måste säga att en härligare farkost hade han aldrig sett! I stort sett nytjärad såg den ut, vilande på fem grova stockar och med årorna instuckna vid tullarna. Man behövde endast flytta den ett par meter, sedan kunde man skjuta ut den och ro ut på sjön! Möjligen kunde man överväga att täcka den med en presenning, för snart skulle ändå sommarregnen komma.

Tack gode Gud, sade Gerda, att det finns något som är hållbart och bestående! Annars förgår ju allting, särskilt här i Västerbottens inland. Det är välsignat att det finns någon enda företeelse som kan bestå, som Jakobs båten!

Han hade, fortsatte Olof Helmersson, gett sig tid att beundra borden och de handsmidda nitarna och kölen som sannolikt var tillyxad av en enda böjd granstam. För att inte tala om helheten, de skönt svängda linjerna, den harmoniska jämställdheten mellan fören och aktern, alla detaljer som sammantagna skapade en orubblig soliditet och hållfasthet. Han måste ha varit en ovanligt händig karl, din Jakob.

Jo, nästan obegripligt händig, instämde Gerda.

På sittbrädena och toften såg man tydligt hur lugnt och stadigt han fört hyveln, och spanten var slipade och putsade så att inte ett enda spår eller märke syntes efter kniven eller skrubbhyveln. Hela båten var ett konstverk, ingen kunde tveka om att Jakob hade varit släkt med Torvald, konstnären i Lauparberg.

Jo, Jakobs händer, sade Gerda, de var oförglömliga. Själv mindes hon inte bara handflatorna och knogarna utan också vartenda finger och varje fingertopp för sig. Och tum-

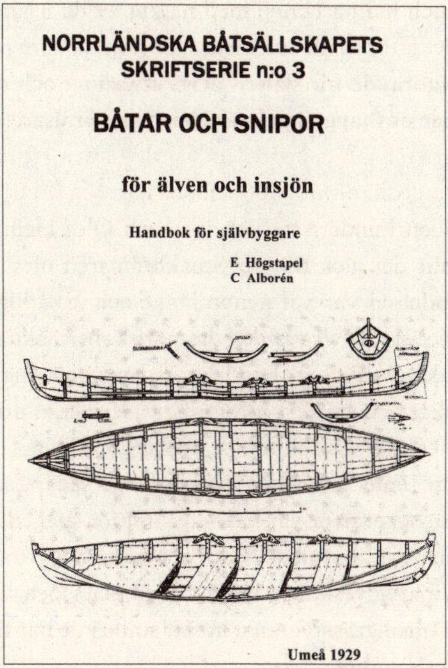

NORRLÄNDSKA BÅTSÄLLSKAPETS
SKRIFTSERIE n:o 3

BÅTAR OCH SNIPOR

för älven och insjön

Handbok för självbyggare

E Högstapel
C Alborén

Umeå 1929

marna, som hade varit breda och grova och liksom krökta uppåt vid den främre leden. Det fanns ingenting som han inte kunde göra med sina händer, Jakob. Samtidigt som dessa händer hade varit starka och uthålliga hade de varit smidiga och varsamma. Ja, han var karl att göra åtskilligt med sina händer som hon inte kunde förmå sig att bekänna ens för sin själasörjare.

Sedan ville hon än en gång påminna honom om det där företaget som han, Olof Helmersson, nödvändigt måste komma och hjälpa henne med någon av de närmaste dagarna. Det finns ju till och med, sade hon, de som påstår att det är avgörande för själens eviga frälsning och den himmelska gemenskapen med vår Herre och Frälsare.

Den kvällen kunde Asta och Ivar och Olof Helmersson i teve se hur det gick till när Stockholmaren blev hämtad. Hela händelsen var väl genomtänkt och åskådligt arrangerad, på sätt och vis var den dramatisk men saknade ändå inte stil och värdighet. Landskapet runt omkring Linuses var känsligt och vackert fotograferat, kameran dröjde särskilt vid ett par gräsänder, de tycktes leta något att äta i diket som Linus grävt för mycket länge sedan, stordiket. Kristinas sockerärtor var halvvägs uppför spaljén. Journalisterna hade ställts upp på vägrenen mittemot grinden, som Stockholmaren verkligen hunnit få på plats igen.

Det är otroligt, sade Asta, att ett ställe i de här trakterna kan göra sig så bra i teve.

De tre polisbilarna kom körande från Rukselehållet, de hade blåljusen påslagna, men inte sirenerna. Då de parkerat framför uthuset, de ställde sig så att de inte skulle skymma något för tevekameran, då gick två polismän in i huset som tydligen stod olåst, kanske hade mördaren blivit tillsagd att inte låsa ytterdörren. Efter en stund kom de ut igen, de stannade till på yttertrappan för en gruppfotografering. De hade Stockholmaren mellan sig, han hade händerna på ryggen och en papperspåse hade trätts över hans huvud.

En osynlig reporter berättade att hela bygden sedan en tid

levat i ängslan och skräck, ändå hade det inträffade kommit som en chock. Alla kände en stor lättnad nu när gärningsmannen gripits. En krisgrupp var på väg.

Och Stockholmaren sattes i en av polisbilarna, de backade och vände vid grinden, då de for sin väg lät de ett par sekunder sirenerna ljuda.

Reportern hade också träffat en av grannarna. Om man kunde tala om grannar här i glesbygden.

Det var Gideon. Han satt som vanligt med de knäppta händerna och cd-spelaren framför sig, hans ansikte var hela tiden i närbild, man kunde nästan tro att han såg in i kameran.

Ja, sade Gideon, vi såg ju alla att något var på tok. Om man bara hade ögon att se med, man såg det med blotta ögat. Vi såg alla hur olycksmolnen hopade sig, man behövde bara se de där stackars människorna. Man såg det i ansiktet på dem. Men nu måste vi se framåt, det är viktigt att vi lär oss att verkligen se varandra.

Ja, sade Ivar när inslaget var slut, han är bra Gideon, han talade för oss alla.

Då knackade det på dörren.

Det var tidningens utsände, kriminalreportern från Ragvaldsträsk. Han hade, sade han, hört sägas att här fanns ett ögonvittne.

Nej, sade Olof Helmersson, jag såg inte själva mordet.

Däremot bevittnade jag gripandet. Jag såg det i televisionen.

Kunde vi trots allt tänka oss en liten intervju?

Självklart, sade Olof Helmersson, det har jag verkligen ingenting emot. Tvärtom. Jag har länge velat komma till tals i tidningen.

UTSKRIFT AV INTERVJU MED OLOF HELMERSSON, 83, EJ PUBLICERAD

f = fråga, s = svar

f: Då du kom till huset hade mordet alltså redan ägt rum?

s: Jag kom för sent. Ja, jag gick miste om själva händelsen. Dessvärre. Jag skulle annars ha varit ett idealiskt ögonvittne. Men det har ofta varit mitt öde, att komma en aning för sent.

f: För sent?

s: Jag har kommit för sent två gånger till den här bygden. Först frälste jag i stort sett hela befolkningen. Det borde ha skett långt tidigare. Själarna var hållbarare förr i tiden. De hade redan börjat bli porösa och nyckfulla. Men det visste jag inte. Och andra krafter var redan i rörelse.

f: Vilka krafter?

s: Det vet jag inte. Men då jag nu kom tillbaka hade i stort sett alla avfallit. Eller dött. Det fanns knappt någonting kvar av frälsningen. Två ynka troende, det är allt jag har hittat. Det är en fruktansvärd besvikelse för mig.

f: Så du har kommit tillbaka för att ställa till med en ny sådan där väckelse?

s: Absolut inte. Nej, tvärtom. Min avsikt var att befria hela trakten från frälsningens elände. Jag skulle förkunna sanningen. Men det behövdes alltså inte. Befolkningen hade redan avfrälst sig själv. Utom som sagt i två fall.

f: Har det här med mordet att göra?

s: Knappast. Det finns överhuvudtaget inga sådana samband. Alla händelser är rena tillfälligheter. Ingenting har med någonting annat att göra. Jag är tacksam för det här tillfället att få säga det i tidningen.

f: Men på den tiden då du frälste det innersta av Västerbotten, då trodde du att det mesta hängde samman?
Hör du lommen där nerifrån sjön?

s: Ja, jag hör någon sorts fågel.
Jag trodde verkligen att allt berodde på någonting. Orsaker. Verkan. Avsikter. Skuld. Mening. Början. Slut. På den tiden kunde vi inbilla oss i stort sett vad som helst. Nu är ju allting annorlunda.

f: Och sedan?

s: Jag har tänkt igenom saker och ting. I flera decennier. Huvudsakligen i Umeå. Jag hade hoppats att få lägga fram det budskapet för Västerbottens innersta. Om jag hade kommit i tid. Jag hade velat få förlåtelse för alla de där dumheterna. Gud och Jesus och himmelriket och försoningen och Livets bok och uppståndelsen och Anden och återkomsten på himmelens skyar. Inte ett enda faktum av rang. Jag skulle fortfarande ha kunnat rycka människorna med mig. Om bara människorna hade funnits.

f: Jag tror faktiskt att det är smålommen. Ka ka ka ka. Ja, det måste vara smålommen.
Men i fråga om mordet vet du alltså ingenting?

s: Du borde hålla dig till väsentligheterna. Nu när du har ett tillfälle att intervjua mig. Jag skulle kunna förklara allting. Men det finns ingenting att förklara. Vi talade om frälsningen. Är du bekant med frälsningen?

f: Min farfar nämnde ordet någon gång. Men då var han redan åderförkalkad. Det var alltså själva affärsidén? Frälsningen?

s: Och det eviga livet. Alla människor har vissa invändningar mot döden. De ogillar den. Jag lovade västerbottningarna att de skulle få leva i evighet. Jag drevs av ett tygellöst behov att oavbrutet gå till anfall mot döden och förintelsen. I själva verket kunde jag naturligtvis ingenting bevisa. Men jag trodde. Ingen kunde förbli oberörd av kraften och häftigheten i min tro. Och alla vill försvinna på ett storslagnare och sannare sätt än genom döden. Befolkningen häromkring var förvånansvärt lättfrälst.

f: Våra yngre läsare är inte särskilt intresserade av döden. Men detta var alltså höjden på din bana?

s: Jag har inte fullföljt någon bana. Jag har gjort stora språng inom mig själv.
Det lyser en röd lampa.
Kan det vara bandet?

f: Ja, bandet börjar ta slut.

f: Så.
Du kommer alltså snart att ge dig av igen?

s: Jag ska återvända till Umeå. De närmaste tio åren ska jag ägna åt mina memoarer. Sedan får jag se.

f: Du känner dig inte bunden vid bygden?

s: Jag måste medge att man i sitt innersta aldrig kan skiljas från den här trakten. Den storslagna skönheten! Den stolta historien, här tillbragte konung Karl den femtonde den lyckligaste tiden i sitt liv! De förnäma och ståtliga människorna med sin konstnärlighet och musikalitet och sina händers färdigheter! Nere vid sjön ligger en båt som en av bygdens söner byggde för sexti år sedan, praktfull och ännu som ny, den borde komma i tidningen!

f: Men kristendomen är alltså i stort sett utrotad?

s: Ja, tack och lov! Den var ju helt enkelt alltför torftig och enfaldig för att duga som livsåskådning. Särskilt i de här karga omgivningarna. Kristendomen var tillvarons hötorgskonst. En sammanställning av allt som inte finns och inte kan finnas! Men vi måste komma ihåg att Gud fanns under mycket lång tid, det är fullt möjligt att hans vilja fortfarande sker. Det kan du skriva.

Kan det vara Canetti? Ja, det är nog Canetti.

f: Och vad saknar du då mest av allt av det som alltså inte finns?

s: Försoningen.

f: Du nämnde att två av de gamla församlingsmedlemmarna fortfarande är troende?

s: Två kvinnor. Hårdnackade och styvsinta. Jag älskar båda djupt och innerligt. Men med lite tålamod och några konster som jag lärde mig i ungdomen ska jag nog på sikt klara av dem!

f: Det kanske räcker? Jag får tacka för den här lilla pratstunden.

s: Och glöm inte vad jag heter. Det är jag som är Olof Helmersson. Jag finns till och med i en uppslagsbok.

För första gången i sitt liv bakade Olof Helmersson. Vetemjölet fick han av Asta, vatten tog han ur kranen i köket, det var ju också allt han behövde. På bakbordet som Asta satte fram åt honom knådade han degen. Medan Ivar förstrött bläddrade i en ny bok om förändringar i den norrländska älgstammens utbredning och en fotbollslandskamp rasade i radio kavlade han och kavlade, slutligen var den lilla degplattan i stort sett genomskinlig.

Och Asta kunde inte låta bli att vara nyfiket och försiktigt frågande. Men han sade bara att det var åt Gerda han bakade, ett vidskepelsens bröd som hon skulle kunna genomskåda, det hade länge varit hennes önskan.

Sedan gräddade han i etthundrasjuttifem graders ugnsvärme, när brödet blivit lagom gult på ytan och små, små bubblor började visa sig, lyfte han ut plåten och ställde den på diskbänken att svalna.

Sedan frågade han efter en flaska vin, hur enkelt som helst, rött eller vitt, kanske den flaska som Asta brukade använda till soppor eller grytor.

Nej, sade Ivar, vinet köper vi aldrig, vi har inte riktigt

lärt oss att dricka vinet i de här trakterna, vi har inte den smaken.

Nej, sade Asta, inte ens Torvald, som ändå är konstnär.

Fast någon flaska brännvinet har vi alltid, sade Ivar. Man kan ju aldrig veta.

Vi har till och med två, sade Asta. Vår egen. Och en efter Eberhard.

De satte sig vid köksbordet och studerade flaskorna. Etiketterna var inte desamma. Båda var milt gröna med namnet Gammal Norrlands Akvavit i kraftiga, röda bokstäver. Men på Ivars flaska var det avbildade vattenfallet av en sort som ingen av dem sett i Västerbotten, ett brant nedstörtande vitt skum utan bestämd form eller egenart. Och den enkla upplysningen att drycken var gjord av cellulosa saknades.

Jag har nog blivit lurad, sade Ivar. Det här är en förfalskning från södra Sverige.

På Eberhards flaska däremot var vattenfallet äkta, det var utan tvekan ett av fallen i Vindelälven, kanske till och med Vormforsen eller Mårdseleforsen.

Man kan nästan se harren som står i bakvattnet inne vid stenarna, sade Asta.

Den var öppnad, någon hade använt ett par centiliter.

Han hade väl ont mot slutet Eberhard, sade Ivar. Då försöker man vad som helst.

Det var Konungen som uppfann det här brännvinet, sade Asta.

Konungen? sade Olof Helmersson.

Konung Karl förstås, sade Asta. Den femtonde.

Det lär vara ypperligt till fisken, sade Ivar.

Och Olof Helmersson behövde inte betänka sig särskilt länge. Vin eller brännvin, sade han, vad spelar det för roll?

Den här produkten var ju också mångdubbelt renad medan vinet inte ens var destillerat. Att det varit Eberhards flaska betydde även något, Eberhard församlingsordföranden, på sätt och vis var detta ett församlingsbrännvin. Alltsammans, hela det löjliga upptåget, blev bara ännu bättre, ännu mera genomskådligt, ännu muntrare och mera skrattretande tack vare den här bärnstensfärgade spriten. Den befängda synd som Gerda med hans hjälp skulle begå blev ännu mera avgrundsdjup, denna synd utan absolution och återvändo, synden mot den rätta läran, ja kanske till och med mot den helige Ande.

Jo, sade Asta, det kan göra Gerda gott. Hon har jämt varit som gladlynt. I urtiden lär hon ha skött tombolan i bönhuset.

Ett är säkert, sade han till lokalredaktören när han som hastigast vilade benen i Holmgrens hus, snart är det alldeles förbi med församlingen här i trakten. Du kan göra en kort historik. Hundra år av gudlighet. En epok går i graven. Vi ser tillbaka på ett märkligt skede i bygdens liv. Förändringens vind har nått Västerbottens innersta.

Ja, sade lokalredaktören, det kunde jag kanske göra. Det

är sådant som passar centralredaktionen. Och lättskrivet är det ju.

Jag hjälper dig gärna, sade Olof Helmersson.

Tack, sade lokalredaktören. Men jag måste tänka på objektiviteten. Och det får inte bli för långt.

Jag ska meddela dig klockslaget, sade Olof Helmersson. Då vi slutgiltigt sätter punkt.

*Det var nästan morgon i Lauparliden, redan hördes trastarna, men husfadern och konungens adjutant satt ännu i ensamheten vid köksbordet. Uppe på den oinredda vinden bisprang majestätet pigorna och husmodern och döttrarna vid bäddandet av sommarsängarna, sedan många timmar pågick sträckandet och vikandet av lakan, stoppandet av bolster, knytandet av örngott.*

*Man kan inte undgå, sade bonden i Lauparliden, att grubbla över kungen och utdikningen av inlandet. Vad det är som gripit honom så djupt.*

*Åh, sade adjutanten, Hans Majestät blir gripen av det mesta. Därför tränger han också så djupt in i folket. Men i första hand är det själva dikena, dikena som fenomen. De fuktiga och mörka skårorna i mullen. Lantmännen och drängarna som med sina verktyg böjer sig ner över dem och med rytmiska rörelser utför sin gärning. Den lurviga torvan som öppnar sig och blottar en sträng av slemmig väta. Och den efterföljande fruktsamheten. Vi stockholmare ser en stor och gripande skönhet i detta.*

*Fast vi som bara står nere på dikesbottnen och plågar oss och gräver, vi har ju inte den där kungliga blicken.*

*Och vi frågar oss ofta i vår utmattning om vårt trälande har någon mening.*

*Framtiden för Västerbottens inland ligger i dikena, sade adjutanten. Ett väldigt nät av diken ska binda bygden samman. Alla gårdar och människor innesluts i dikenas gemenskap. På samma sätt som Holland får sin fasta form av kanalerna kommer Västerbottens innersta att finna sin slutgiltiga ordning och endräkt i dikena.*

*Har kungen sagt det?*

*Ja. Så säger kungen.*

Ondulerad, vacker, färdig låg Gerda och halvslumrade. Då han kom in till henne försökte hon lyfta huvudet från kudden men förmådde inte, hon hade händerna knäppta över Bibeln som låg på hennes bröst. Det var den stora och tunga utgåvan från nittonhundratjugo, den med utförliga förklaringar och kartor över Det Heliga Landet och Pauli resor. Innan Olof Helmersson satte sig lyfte han undan den slitna och massiva volymen som rimligen försvårade hennes andning.

Så nu är det dags, sade hon.

Du har själv bett om det, sade Olof Helmersson. Och jag hoppas att vi klarar av det.

Han var inte alldeles säker, var han tvungen att förklara för henne, att han längre mindes hur allt i detalj skulle gå till. Det är ju så ohyggligt länge sedan sist, sade han. Många formler och satser och passusar hade lagrats över varandra och blandats i hans huvud, det fanns en risk att han här och var skulle komma att säga fel, att ett eller annat ord som egentligen hörde hemma i någon annan, vilt främmande församling, kunde komma att smyga sig in i den oomtvistliga renlärigheten. Hon måste i så fall förlåta honom. Inte heller jag är längre alldeles ung, sade han.

Det gör ingenting, sade Gerda. Det enda som spelar någon roll är själva substansen.

Minnet är bedrägligt, sade han. Det hemlighåller mycket för oss. Men plötsligt kan det avslöja sådant som vi inte alls vill veta.

Nu vill du att jag ska bekänna mina synder, sade hon. Det är därför du säger så.

Om jag minns rätt, sade Olof Helmersson, var det i den ändan man skulle börja.

Solen hade nått hennes kudde, han öppnade fönstret och drog ner rullgardinen. Det hördes inga fåglar idag, kanske skulle regnet äntligen komma. Inne i köket ringde äggklockan som Asta hade ställt, den skulle påminna om att det var tid för medicinen. Men Gerda brydde sig inte.

Jag har grubblat både länge och väl, sade hon, men jag har inte kunnat komma ihåg en enda synd. Skam till sägandes har jag inte syndat. Det är nackdelen med att vara sängliggande.

Synden är inte så märkvärdig som många tror, sade han. Den är våldsamt överskattad. I själva verket är den kanske något helt annat än vi tror.

Fast för säkerhets skull, sade Gerda.

Och Olof Helmersson sade: I Faderns och Sonens och den helige Andes namn. Herren vare med dig.

Med dig vare ock Herren, sade Gerda.

Sedan sade de tillsammans syndabekännelsen, så gott som de nu kunde erinra sig den: Förbarma Dig Gud i Din nåd, utplåna mina synder i Din stora godhet. Gör mig fri från all min skuld och rena mig från min synd. Skapa i mig Gud ett rent hjärta, ta inte ifrån mig Din heliga ande. Amen.

Så reste han sig för att gå ut i köket och hämta sin väska, i dörren vände han sig om och uttalade förlåtelsens ord: Du som ber om dina synders förlåtelse, ta emot befrielsen enligt Herrens eget löfte. Om vi bekänner våra synder, är Gud trofast och rättfärdig, så att Han förlåter oss synderna och gör oss rena från all orättfärdighet. Amen.

Och hon suckade: Amen!

Då han återvände med väskan frågade han: Kan vi kanske hoppa över trosbekännelsen?

För all del, sade Gerda. I vårt fall är den väl alldeles överflödig. Gud och Jesus har ju känt oss i evigheter.

Och han dukade upp den enkla måltiden på nattduksbordet, brödkakan och flaskan med Gammal Norrlands Akvavit. Ett glas hade han också hämtat, ett stort senapsglas med grepe där man fortfarande skymtade en liten rest av etiketten, kanske var det två korslagda nycklar och ordet Nyckelsenap.

Borde vi inte sjunga? sade Gerda. Jag tycker mig minnas att vi brukade sjunga?

Församlingen var större på den tiden, sade han. Sången hade en viss mäktighet. Vår torftiga duett skulle alls inte tillföra någonting.

Det tänkte jag inte på, sade Gerda.

Nu fyllde han senapsglaset med akvavit, hon vred huvudet så att hon kunde se den gnistrande klara vätskan, hon log förväntansfullt när hon hörde kluckandet ur flaskhalsen. Gud upplyfte våra hjärtan, mumlade hon. Allena Han är värdig tack och lov.

Den natten, sade han sedan, då Herren Jesus blev förrådd och av fri vilja gick sitt lidande till mötes, då tog Han ett bröd, tackade Dig Gud och bröt brödet, gav det åt sina lärjungar och sade: Tag och ät! Detta är min lekamen som blir utgiven för er.

Jo, så är det, sade Gerda.

Likaså, fortsatte Olof Helmersson, tog Han efter måltiden välsignelsens kalk i sina heliga händer, tackade Gud och gav åt lärjungarna och sade: Drick härav alla. Detta är mitt blod, som blir utgjutet för dig och för de många till syndernas förlåtelse.

Och han teg en stund innan han med ett lätt frågande tonfall sade: Det här är trons mysterium.

Fräls oss Herre, världens frälsare, sade Gerda, genom Din död och uppståndelse har Du förlossat oss.

Det blev en mycket långsam och utdragen nattvardsgång eftersom Gerda då och då var tvungen att hämta andan och ta igen sig, hon måste också få tid att någon stund sluta ögonen och försjunka i tankar och minnen, han tog upp sin stora, vita näsduk ur bröstfickan och torkade hennes panna innan de tillsammans läste Fader vår.

Då de bägge hade suckat Amen och han hade sagt åt henne att Herrens frid alltid skulle vara med henne, tog han brödet från nattduksbordet, med tumnageln lyckades han bryta loss en flisa som han stoppade i munnen och gömde under tungan.

Guds lamm som borttager världens synd, sade Gerda, förbarma Dig över oss.

Kristi lekamen, sade han sedan och satte brödet till hennes mun.

Och hon gjorde verkligen sitt bästa, hon förde till och med upp handen mot hakan och tryckte och klämde och hon försökte att med tungspetsen mjuka upp det, men förgäves. Till sist nödgades hon säga: Nej, utan tänderna klarar jag inte detta!

Då tog han hennes löständer som låg i en tvålask bredvid väckarklockan och gick ut i köket. På diskbänken fann han en flaska grönsåpa, med diskborsten skrubbade och gned han både länge och väl, tre gånger gick han över dem och sköljde under vattenkranen innan han återvände till henne och hjälpte henne att sätta tänderna på plats. Och nu lyckades hon få sönder brödet och trycka in det i munnen, hon slöt läpparna omkring det, hennes insjunkna ansikte slätades ut, det såg nästan ut som om hon var på väg att somna. Han satt stilla på pinnstolen och väntade. Till sist, sedan väggklockan i köket slagit ett antal slag som ingen av dem brydde sig om att räkna, lyckades hon säga: Nu mjuknar det. Säkert beror det på att skarpkakan håller på att förvandlas till Lammets kött.

Och efter ännu en lång stund började hon svälja små, små tuggor i taget, hon strök sig över käken och gned och drog med pekfingret över strupen för att allt skulle gå lättare. När hon äntligen hade svalt den sista sönderdelade och uppmjukade brödbiten sade hon: Amen. Och sedan: Nu kommer jag aldrig att behöva tänderna mer.

Och de hjälptes åt att ta ut löständerna och lägga tillbaka dem i tvålasken.

Sedan tog han det fyllda senapsglaset och förde det till läpparna som var spruckna av solen och hettan. Av svedan förvreds hans ansikte en aning och de torra, rynkiga kinderna darrade till. Gerda såg spänt på honom, förmodligen trodde hon att han log av glädje över den heliga drycken, hon klappade honom försiktigt på armbågen och sade: Saliga äro de som blivit kallade till Lammets måltid.

Med ena handen lyfte han nu hennes huvud från kudden, med den andra satte han glaset till hennes mun. Kristi blod, sade han. Amen, sade Gerda.

Hon tog en mycket liten klunk, lät den silas över tungan och det nakna tandköttet och sedan sippra ner i svalget. Då hon ganska länge hade begrundat eftersmaken sade hon: Jag mindes inte att sakramentet var så starkt. Man riktigt känner hur det fräter och renar från all synd.

Den råa lukten av alkohol spred sig i kammaren, möjligen en aning dämpad av doften från kummin, anis, fänkål och sherry.

Du ska dricka alltihop, sade Olof Helmersson. Det vet du, att inte en enda droppe får gå tillspillo.

Och hon gjorde sannerligen sitt bästa. Det fick ju också ta

all den tid som behövdes. När han lyfte upp hennes huvud kunde hon själv hålla glaset, mellan slurkarna pustade hon av och till Amen. Mot slutet drack hon också allt lättare, ja till och med nästan girigt. Och innan sömnigheten tog överhanden sade hon: Gud, vi tackar Dig!

Innan hon somnade, medan hon förgäves sökte stödja sig på armbågarna, sade hon: Nu har jag fått en sådan styrka och vederkvickelse att jag gärna skulle stiga upp igen, ja jag skulle kunna tänka mig att börja om från början och genomföra hela mitt liv rakt igenom en gång till.

Stående vid sängens fotända läste han sedan Herrens välsignelse över henne. Men han kom sig inte för med att säga Gå i Herrens frid.

Han var redan på väg ut med sin väska i handen när han plötsligt vände och böjde sig ner över henne, med återhållen andning för de sura spritångornas skull kysste han hennes lyckligt leende ansikte.

Den kvällen kunde Ivar inte låta bli att fråga: Bet brännvinet på Gerda?

Det är jag övertygad om, sade Olof Helmersson. Fast hon själv vet inte om det än.

I fråga om rusdryckerna, förklarade han för Asta och Ivar, var ruset i själva verket av underordnad betydelse. Av vida större vikt var bakruset, det var ensamt bestående. Berusningen, den gick över i en blink, den var en likgiltig förberedelse för bakruset, det låg också i rusets natur att tiden förkortades så till den milda grad att den knappt existerade, den löpte med besinningslös hastighet, den berusade vilade en kort stund i en kokong av tidlöshet. Men då ruset var över, i det här fallet nattvardens rus, då infann sig en sinnenas klarhet och tankens skärpa som man tidigare inte kunnat föreställa sig. Man drabbades av dittills okända insikter, man genomskådade sina livslögner, man fick mod att gå till doms med sig själv. I bakfyllan och annandagsruset kunde människan finna sitt rätta jag. Då var avfallets tid, den troende föddes på nytt och blev en avfälling, man trädde hjälplös men luttrad ut i den nakna och avskalade verkligheten.

Så att nu, efter detta, har jag gott hopp om Gerda, sade han.

Nästa morgon hade regnet kommit, han åkte med Asta i hennes bil till Gideon, hon fortsatte till Inreliden och Gerda. Hos Gideon hade ingenting förändrats.

Jag minns, sade Olof Helmersson, att jag lovade dig någonting. Men jag har glömt vad det var. Saker och ting har hänt, mitt minne har kommit en smula i oordning.

Jag har varit i teve, sade Gideon.

Ja, sade Olof Helmersson, jag såg det.

Jag såg det ju inte, sade Gideon. Men jag lär ha varit bra.

Snart ger jag mig av, sade Olof Helmersson, och kommer aldrig mer tillbaka. Vad det än var som jag lovade dig, måste jag få det uträttat. Det är bättre att ingenting lova än att göra löften som man inte infriar, säger Predikaren.

Du har inte lovat mig någonting, sade Gideon. Vi har aldrig velat ha några löften av dig, Olof Helmersson. Överhuvudtaget har vi aldrig velat ha någonting av dig.

Nej, fortsatte han, inte ens den där sortens frälsning som han kom dragande med för länge sedan hade man bett honom om. Denna frälsning som noga taget gjorde honom,

Gideon, blind. Inte heller hade man bett honom om dragspelsmusiken. Den var för övrigt mycket bättre och själfullare i radio. Och någon undervisning om tandborstningen hade man aldrig frågat efter. Vi var tillfreds med tandläkare Lundberg i Bjurträsk, sade han, och löständerna som han tillverkade. Och alla dessa möten som han hade affischerat om på vartenda mjölkbord i trakten, sommarmöten och bönemöten och tacksägelsemöten och skördefester och offermöten för missionen i Afrika, alla möten alltså som han mer eller mindre hade tvingat dem att bevista. En högmässa då och då, det var i själva verket allt som människosjälen behövde. Han hade även förlett dem alla att rösta på Folkpartiet, var det inte så?

Ja, Folkpartiet.

I största allmänhet hade han redan då, för mycket länge sedan, vållat en oro och gripenhet och upphetsning som bygden aldrig hade efterfrågat.

Ja, sade Olof Helmersson, detta är min skuld, min stora skuld.

Men, tillade han, att du miste synen, det kan jag ändå inte lastas för.

Nå, sade Gideon, det ska du inte taga så allvarligt, detta med blindheten. Det är alls inte så illa som folket tror att vara blind.

För sin egen del var han inte övertygad om att hans blindhet var alldeles nödvändig. Men han hade vant sig vid den, blindheten hade blivit en del av hans natur. Han kunde sitta här vid köksbordet, ingen väntade sig något annat av honom, varje morgon då han vaknade porlade det inom honom av lycka över att han snart skulle få sätta sig vid köksbordet. Att vara blind, sade han, det var som att bo i en grotta där det var mörkt och varmt och bekymmersfritt.

Menar du, sade Olof Helmersson, att blindheten är frivillig?

Nej, så långt ville Gideon inte sträcka sig. Däremot vågade han påstå att seendet var frivilligt.

Han såg ut alldeles som han hade gjort i televisionens nyhetsinslag. Ögonen var riktade mot Olof Helmersson, händerna vilade på bordsskivan framför honom, i groparna som de nött i furubrädorna. Kastrullen med dagens måltid stod på diskbänken.

Och vad är det då som du i första hand gläder dig åt att slippa se? sade Olof Helmersson.

Allting som inte finns längre, sade Gideon. Allt och alla som är borta för evigt. Isabella som kommer och styr barnvagnen. Gerda och lillflickan. Jakob och gudbrandsdalingen och flakvagnen. Alla mötesaffischerna på mjölkborden. Småbarnen med skolmaten i ryggsäckarna. Mjölkbilen. Lärarinnan som bodde på Torvalds övervåningen. Han lär ha gjort en skulptur även av henne. Postväskan på stolpen nederom bönhuset. Elis ättlingarna i Lillåberg. Nyodlingen där folket i Lauparliden förgäves sådde havren. Flottningsrännan i ån.

Allt detta, sade Gideon, slipper jag att inte se.

Men tar du dig aldrig någonsin ut? sade Olof Helmersson. Har du förkastat allt som inte finns inom dina fyra väggar?

Nej, nog förekom det att han tog sig ut. Vissa dagar var världen helt enkelt alltför lockande och frestande för honom. För att inte säga oemotståndlig. Då tog han sig ut. Helt utan strapatser och äventyr kan människan inte leva, sade han. Efter en sådan dag visste man också att uppskatta köksbordet. Och vedspisen.

Han bredde ut armarna framför sig och gjorde några osäkert pekande och viftande rörelser med händerna i olika riktningar. Och han trampade med fötterna mot den gamla spruckna linoleummattan.

Då ger du dig alltså ut med den vita käppen på vägarna? sade Olof Helmersson.

Nej, sade Gideon, aldrig på vägarna. Om du hade stannat kvar med ditt dragspel och dina affischer, om du icke hade givit dig iväg, då hade du med tiden nästan kunnat bli en av oss. Då hade du aldrig trott att jag gick längs vägen.

Jag har alltid varit utanför, sade Olof Helmersson. Den som predikar måste vara utanför. Eller ovanför. Nuförtiden sitter jag på tionde våningen i Umeå och är utanför. Man kan möjligen se havet. Jag är en utanföring och ovanföring. Det är min kallelse.

Nej, fortsatte Gideon, ännu kraftfullt viftande med armar och händer, det borde du ju verkligen veta att om man vill hitta här hos oss, då litar man inte på vägarna. Vi har aldrig riktigt trott på de allmänna vägarna. Och vägförvaltningen.

Jag cyklar så gott jag kan längs vägarna, sade Olof Helmersson.

För sin egen del, sade Gideon, litade han i huvudsak till

dikena. Myrdikena och skogsdikena som ofta mötte landsvägsdikena och rågångsdikena. Om man höll sig till dikena kunde man aldrig gå vill.

Sedan urminnes tider, sade han, är det dikena som håller den här bygden samman.

Gerda väntar på mig, sade Olof Helmersson. Jag är tvungen att gå. Nu har hon bara någon enstaka dag kvar.

Bakom vedboden börjar diket till Inreliden, sade Gideon. Då du kommer till stordiket från Linuses tar du åt höger. Sedan går du bara rätt fram. Om man vill kan man taga igen sig någon stund på stenblocket som Elis i Lillåberg lyfte upp nedanför Handskberget.

Regnet hade upphört. Diket mot Inreliden var lätt att finna trots att kanterna inte var röjda, videt och dvärgbjörkarna hade spritt sig ända ner till den smala vattensträngen i dikesbottnen. Han hade ingenting att bära idag, ingen väska och inga ytterplagg, här och var syntes resterna av en stig som för länge sedan blivit trampad uppe på den uppgrävda pinnmon och myrjorden.

Han tog sig verkligen en rast på klippblocket efter Elis. Man kunde klättra uppför den skrovliga sidan som vette mot väster, därifrån hade man fri sikt över Lidmyren. En ensam trana stod alldeles stilla med upplyft huvud nedanför honom.

Efter en och en halv timme var han framme. Visserligen hade en kvist i ett vindfälle slitit upp en stor reva i hans kavaj och skorna var fyllda av gult vatten ur den sura myrjorden, men han var framme.

Asta hade alltså redan varit där. Då hon kom sov Gerda fortfarande, hon låg på sida med högra tummen instucken i munnen. Men hon vaknade genast och frågade efter vatten, inte bara ett glas utan två.

Man blir obegripligt törstig av nattvarden, sade hon.

Sedan åt hon med god aptit av den krämiga sparrissoppan. Och hon diskuterade framtiden med Asta, denna framtid som var så knapp och oansenlig att den inte var synlig för blotta ögat, vad som ännu måste uträttas. I all synnerhet förelåg ett ärende som Asta måste bestyra.

Sedan kommer allt att gå som en dans, sade hon.

Och Asta kom att tänka på Edvard Larsson i Brännberg. Det var säkert förti år sedan han gick bort. Men omöjligt var det inte att hon där kunde finna det efterfrågade. Så att säga bortglömt och efterlämnat. Och nu var säkert alla lungsotsbakterierna Edvards döda.

Stackare dig, sade Gerda då Olof Helmersson kom in till henne. Som du sliter ut dig för min skull!

Jag gick dikesvägen, sade han. Det var en aning blött efter regnet.

Jo, den kände hon till, dikesvägen, hon hade vandrat den otaliga gånger, vi kände oss mer hemma där än på grusvägen, sade hon. Men visst borde han egentligen slippa alla de här strapatserna och mödorna, menade hon. Även han var ju i själva verket en gammal människa.

Nej, sade han, gammal är jag inte. Men då och då har jag börjat ägna ålderdomen en flyktig tanke.

Jag har varit som ett litet barn i natt, sade Gerda. Det känns nästan som om jag har blivit född på nytt, fastän jag aldrig har varit avfälling. Sakramentet är märkvärdigt. Det är rena medicinen.

Du ser onekligen ovanligt stark och välmående ut, sade Olof Helmersson. Och vacker har du alltid varit.

Du tror inte att jag skulle kunna unna mig en nattvard till? sade Gerda.

Nej, sade Olof Helmersson, den nattvarden som du fick, den är giltig i evighet. Det är med den nattvarden i munnen som du ska bli stående utanför porten av jaspis och guld. Om man så säger.

Jo, sade hon, det ska nog gå bra, jag känner smaken än. Eftersmaken.

I morgon, sade han, kommer jag för sista gången. Jag har mina plikter. På tionde våningen i Umeå. Och jag har ju inget riktigt ärende till dig längre.

Och Gerda sade att också hon kände av plikterna. Eller noga räknat den enda plikt som återstod för henne. Här skulle ingen svika den andre, han hade inte svikit henne och hon skulle inte svika honom.

Sedan återvände de för en kort stund till den mycket avlägsna tid när de först lärde känna varandra, det alltför avlägsna förgångna, bönestundernas och sångföreningens och eftermötenas och bibelstudiernas och symötenas tid.

Det visste jag inte att det var du som skötte tombolan i

bönhuset, sade han. Eller jag hade glömt det.

Jo, sade hon. Tombolan. Den gav oss mycket att skratta åt. Och tänka över.

Tombolaspelet är väl inte alldeles fritt från synd, sade Olof Helmersson. Jag antar att jag tillät det för den goda sakens skull.

Så farligt var det inte, sade Gerda. Å ena sidan var ju tombolan där bara för nöjes skull. Å andra sidan var det givetvis Guds vilja som skedde vid dragningarna.

Och hon lyckades nästan skratta inför ett av minnena som oförhappandes kom för henne:

Första helgen sedan Gideon blivit blind vann han en fågelkikare. Det var dråpligt!

Asta lagade revan i Olof Helmerssons kavaj. I det nattliga solljuset från kammarfönstret satt hon och nästade. Med den svarta tråden i munnen och nålen mellan fingertopparna sade hon: De som ska dö lever alltid upp just före slutet. Sådan var Gerda idag.

Ja, sade Olof Helmersson, jag lade också märke till det.

Hon vill att du ska sitta hos henne, sade Asta. De sista timmarna.

Jag kan inte hjälpa henne, sade Olof Helmersson. Jag har ju försökt.

Jo, sade Ivar, Gerda hon är oförbätterlig. Vi är sådana.

Hon har förberett en överraskning, sade Asta och gjorde en knut på tråden. Nästan som till en födelsedag.

Helst, sade Ivar, har vi aldrig velat dö som de andra.

Redan nu började Kristinas grönsaksland bli förvildat och övervuxet av ogräs, sådan var bördigheten i Linuses jord. Olof Helmersson gjorde en kort rast i tystnaden och ensamheten på trappan där Stockholmaren brukat sitta, han hade dragit upp ett par rädisor som han fann bland åkersenapen och maskrosorna och våtarven. Men de hade hunnit bli träiga och oätliga.

Han gjorde sig ingen brådska, han tycktes ha all tid i världen den här sista dagen. Även hos lokalredaktören i Holmgrens hus hade han vilat en stund, han hade påtvingats det avslutande stycket om utdikningen på artonhundratalet. Nu blir det inte mer, hade författaren sagt. Och Olof Helmersson hade vikt samman papperet och stoppat ner det i kavajfickan.

I Inreliden var allt redo. På nattduksbordet stod en bukett av midsommarblomster och rödblära och smörblommor, Asta hade till och med virat en liten krans av de röda och gula och lila blommorna och fäst den med nålar i de tunna hårtestarna på Gerdas huvud.

Asta hade också lyckats förbereda överraskningen som

Gerda hade tänkt ut. I Brännberg, i det spontade huset som Edvard Larsson hade efterlämnat, stod det i skrubben under trappan.

När var det Edvard dog? hade hon frågat.

Nittonhundrafemtifyra, sade Elisabet i Brännberg.

Hon hade borstat det rent med dammhandduken och även använt dammsugarens gardinmunstycke. De små silverbeslagen hade hon putsat med Bistro Sterling. Nu stod det och glänste i solen på klaffbordet vid fönstret i köket.

Det senaste dygnet hade Gerdas röst blivit ännu ynkligare och tunnare än förr, Olof Helmersson fick böja sig djupt fram över sängen för att uppfatta vad hon sade. Hon påpekade det själv: Hon höll på med att vänja sig av med att prata, på den andra sidan, i Det Andra Landet dit hon var på väg, där skulle hon endast behöva sångrösten.

Men hon hade ännu en fråga till honom, en sista, och hon var intill döden angelägen att få höra hans svar: Är jag väntad, finns ett rum berett åt mig, är grinden öppen för mig in till gatorna av guld? Och står han med utbredda armar för att sluta mig i sin famn?

Vem? sade Olof Helmersson.

Men så svag var hennes stämma att han inte säkert kunde uppfatta det tvåstaviga namnet. Jesus? Eller Jakob?

Efter en stund rätade Olof Helmersson upp sig, det är möjligt att han verkligen tänkte svara, att han slutligen ville avslöja den nakna sanningen för henne. Men hon förekom honom.

Det tog henne lång tid och många harklingar och omtagningar att tala om för honom vad hon klart och tydligt hört honom säga, till sist hade hon trots allt fått det formulerat:

Allt är redo. Du är tvagen ren i Lammets blod. Änglarna och seraferna står framför tronen och väntar på dig. Det himmelska gästabudet är framdukat. Guds nåd varar evinnerligen. Gå i Herrens frid.

Men ännu, sade hon, var hon med någon enstaka skör och tunn tråd bunden vid det jordiska. Som nu den yttersta viljan. Det var nödvändigt att den vart nedskriven.

Och Olof Helmersson letade fram ett papper, det var bladet som han påtvingats av lokalredaktören, de allra sista raderna om konungen och dikesgrävningen, på baksidan skrev han ner Gerdas testamente. Han stödde hennes handled så att det också blev undertecknat.

Efter den ansträngningen låg hon länge stilla med slutna ögon, han torkade svetten från hennes panna. Men efter någon kvart eller halvtimme vred hon huvudet en aning och riktade blicken mot honom och förklarade att det nu var hög tid för musiken.

Och det var sannolikt de allra sista ord som Gerda i Inreliden yttrade:

Vi har i alla tider varit som beroende av musiken.

Då gick Olof Helmersson ut i köket och hämtade instrumentet som Asta anskaffat, dragspelet som Edvard Larsson trakterat ända till slutet, som han på ett obegripligt vis fått att andas och ljuda i Brännberg långt efter det att luften var så gott som slut i hans egna anfrätta lungor.

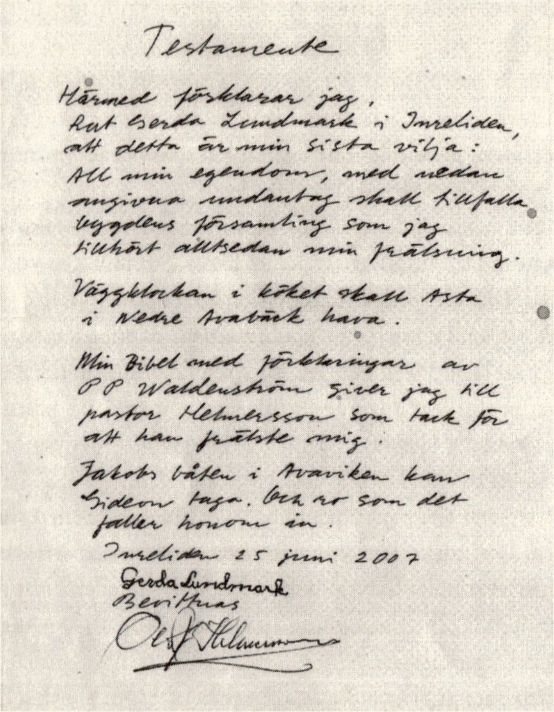
Testamente

Härmed förklarar jag,
Rut Gerda Lundmark i Innreliden,
att detta är min sista vilja:
All min egendom, med nedan
angivna undantag skall tillfalla
byggdens församling som jag
tillhört alltsedan min frälsning.

Väggklockan i köket skall Asta
i Nedre Avabäck hava.

Min Bibel med förklaringar av
P P Waldenström giver jag till
pastor Helmersson som tack för
att han frälste mig.

Jakobs båten i Avaviken kan
Gideon taga. Och ro som det
faller honom in.

Innreliden 25 juni 2007
Gerda Lundmark
Bevittnas
Olof Helmersson

Och han satte sig på pinnstolen hos Gerda och ställde spelet i knät och trädde läderremmarna över axlarna.

Till en början rörde sig hans fingertoppar trevande och osäkert över knapparna, men inom kort började de alldeles självmant komma ihåg hur de skulle bete sig, Olof Helmersson tycktes inte behöva anstränga sig för att melodislingorna och ackorden skulle infinna sig. Snart blundade de bägge två, deras munnar var halvöppna, de överströmmades av välljudets fullhet:

*O salighet, o gåtfullhet. Löftena kunna ej svika. Vildanden. Jerusalem, Jerusalem du arma. Jag var ung en gång för länge sen. Blott en dag. Nidälven stilla och vacker du är. Bort längtande vekhet. Tänk när släkt och vänner alla mötas där. Mor, lilla mor, vem är väl som du. Min frälsare sitter vid min sida. Jag är främling, jag är en pilgrim. Någonstans bland alla skuggorna står Jesus. Kom i min famn och låt oss dansa nu en vals.*

Hur länge spelade han, hur långt utdraget blev detta enda organiskt hopflätade stycke som han skapade för Gerdas skull, hennes eget postludium? Det vet ingen, situationen var ju också sådan att tideräkningen saknade betydelse. Men när han tvehågset fingrande letade efter övergångar från Kostervalsens tonart till Jag har hört om en stad ovan molnen, öppnade han hastigt ögonen och märkte då att hon inte andades längre. Och med ett skärande falskt och likgiltigt ackord, en sista uppgiven utandning från dragspelet, satte han ner det på golvet.

Sedan tog han Gerdas tänder och borstade dem på nytt med grönsåpa under kranen i köket. Och han satte dem varligt på plats i hennes mun och slöt hennes ögon som hade öppnat sig. Han kom också ihåg det fyrkantiga paketet i byrålådan, Gerdas sista gåva till församlingen. På vägen ut öppnade han glasdörren till väggklockan och hejdade pendeln.

När han kom till Marita var hennes arbetsdag slut, hon satt på den uppochnervända vattensån vid trappan och åt kvällsmaten.

Vill du smaka, pappa? sade hon. Det är korven av lammblodet.

Men han var inte hungrig, bara törstig. Då han fått vatten sade han: Nu är du ordförande i församlingen, Marita.

Och hon tycktes genast begripa vad som hänt. När dog hon? frågade hon bara.

Och i samma andetag: Hade hon det svårt?

Hon somnade in, sade Olof Helmersson, någon gång mellan Tryggare kan ingen vara och Glad såsom fågeln av prins Gustaf. Eller mitt under Månsken över Ångermanälven. Jag vet inte.

Tack och lov att hon äntligen har fått komma hem, sade Marita.

Nej, sade Olof Helmersson. Hon är inte hemma. Hon är fullständigt utplånad.

Sedan lade han det tegelstensliknande och väl inslagna paketet i hennes knä.

Det här, sade han, är arvet efter Gerda. Hennes offer till församlingen.

Församlingen? sade Marita.

Du är församlingen, sade Olof Helmersson.

Med fårsaxen klippte Marita av hampsnöret och öppnade det gulnade numret av Norra Västerbotten. Sedlarna som varit hårt packade vällde ut och fyllde hennes knä och tallriken där bara skinnet återstod av blodkorven. Länge satt hon förstummad. Inte heller Olof Helmersson fann något som var rätt och tillbörligt att säga, uppifrån hagen hördes fårpinglan, det nyslagna gräset runt vinbärsbuskarna doftade, sedlarna prasslade svagt då de rördes av luftdraget längs husväggen. Men till sist sade Marita:

Det är obegripligt vilken välsignelse det ändå kan vara med ett enkelt och torftigt människoliv som Gerdas.

*Avskedets stund var inne. Alla stod uppställda på sluttningen ner mot Långträsket, det uppvaktande hovet och myndighetspersonerna och prelaterna och officerarna och vaktmanskapet och hovmålaren, professor Boklund. Tälten var rivna, kärrorna lastade, hästarna selade och nyskodda. Främst satt kungen i sin rikt ornamenterade sadel. Och längre upp i backen hade folket samlats. Under ledning av kantorn från Heden framförde de den högtidliga sång som länsstyrelsen låtit komponera för ändamålet:*

*Stolta höjder, djupa dalar,*
*täcka lunder – se! de stå*
*här likt festligt prydda salar*
*under tak af himmel blå;*
*elfvar ifrån bergens kammar*
*räcka fram sin silfverskatt,*
*och utöfver fjellen flammar*
*norrskensprakt i stjernklar natt.*

*I sitt farväl nedkallade konungen Guds och de statliga myndigheternas välsignelse över Västerbottens innersta.*

*Och han reciterade med malmklingande stämma en strof ur en dikt som han författat just den natten:*

*Försvinnen, I töckniga stränder!*
*Ett kvidande dårhus är världen.*
*Jag längtar till sällare länder,*
*till helgonens saliga kor.*
*O, rycktes jag fjärran ur gruset,*
*från villorna, ondskan och flärden,*
*dit opp, där i etern och ljuset*
*den himmelska kärleken bor!*

*Sedan gav de sig av, hela karavanen, Hans Majestät red främst på sin vita springare, de följde stordiket mellan Långträsket och Kvammarn.*

*Kvar stod folket, framför dem låg blåbärsplockningens och höskördens och starrslåtterns månad. Och siklöjans och linrötningens och de uteblivna månadsreningarnas tid.*

Tidigt om morgonen skulle han ge sig av. Han skulle bestiga sin bländvita cykel och rulla nerför liden. Då var hans sista skuld till Asta och Ivar betald, innefattande några extra kronor för de vilda delikatesserna och den nya madrassen. Han skulle ta farväl av mycket: Eberhards hus och själva predikantsängen, stordiket som löpte längs vägen ett stycke, utsikten som öppnade sig här och var mot Avaträsket, grustaget där han stundom rastat, Avabäcken, tranan på Lidmyren, ja hela det majestätiska landskapet. Han skulle stanna då och då och lyssna till fåglarna och betrakta vattenråttorna där de bägge myrdikena mynnade i stordiket, det som kom uppifrån Linuses. Väskan skulle han ha surrad på pakethållaren, om halsen skulle han bära en ljusblå sjal som Asta virkat, på kavajslaget skulle Glesbygdsverkets emaljerade hedersnål blänka, Ivar hade fått en hel låda med posten.

Men han skulle inte välja den kortaste vägen. Ett par avsked till hade han att genomföra.

*

När chauffören lyft in den hopfällbara cykeln i lastutrymmet skulle han komma att säga:

Så nu är du färdig med själva ärendet?

Ja, skulle Olof Helmersson säga. Nu finns det ingenting mer att uträtta.

Han skulle inte få vara ensam i bussen. På sätet för handikappade satt en skäggig, djupt hopsjunken gestalt i beigefärgad kavaj och med uppknäppt skjorta. Han läste i en tysk bok, Den Traum alleine tragen av Gottfried Benn. Det var den gamle utflyttade författaren som hyst in sig i Alexander Bomans uthus för att skriva en sista roman från trakten.

Han var på väg till Systembolaget i Lycksele.

Det är jag som är Olof Helmersson, sade Olof Helmersson. Jag har nyligen lärt känna ett förträffligt brännvin. Så att säga ett traktens brännvin. Gammal Norrlands Akvavit.

Jag tål inte starksprit längre, sade författaren. Numera dricker jag bara likör.

Till fisken, sade Olof Helmersson, är Norrlands Akvavit oöverträffad. Siken. Harren. Löjan.

Nästan hela sitt liv, sade författaren, drack Alma Mahler en liter Benedictine om dagen. Hon blev mycket gammal.

Jag har ingen längtan att bli gammal, skulle Olof Helmersson komma att säga.

Utan Benedictine, sade författaren, kan jag inte längre läsa min egen handstil.

Men dessförinnan, innan han äntligen kom iväg, skulle han alltså cykla vägen förbi Holmgrens hus i Klinten och Gideons hus upp till Stenlunds.

Hos lokalredaktören stannade han bara i dörren och sade: Nu far jag min väg.

Jaha, sade lokalredaktören.

Du kunde möjligen göra en liten notis, sade Olof Helmersson.

Den som inte är värd en notis då han kommer, sade lokalredaktören, han ska inte heller ha någon då han far.

Gideon var ute på gården, han hade sin vita käpp i handen. Mycket tungt och långsamt var han på väg mot uthuset och diket som började därbakom.

Marita satt i bäddsoffan inne i kammaren. Hon hade en ljusgul klänning som mycket väl kunde vara av siden och en vit muslinscarf om halsen. Där bröstknäppningen nästan öppnade sig satt en brosch med röda stenar. Hennes hår var kammat och hopbundet med ett blått band i nacken.

Du är helgdagsklädd, sade Olof Helmersson.

Ja, hon hade vaknat med en känsla av helg för att inte säga högtid i hela kroppen. Och klätt sig därefter.

Och han satte sig i soffan hos henne.

Älskade Marita, sade han, jag var tvungen att få se dig än en gång. För att få frid i min själ.

Och med pekfingret vidrörde han försiktigt hennes örsnibb.

Pengarna låg i en driva framför dem på det runda, lackerade soffbordet.

Det tog jag för givet, sade Marita.

Då och då sträckte hon fram händerna och rörde om bland sedlarna.

Har du räknat dem, min dotter? sade Olof Helmersson.

Nej, aldrig i livet att hon skulle räkna dem! Det vore en ohygglig kränkning av Gerda, en skymf, Gerda skulle aldrig ha lämnat något otillräckligt efter sig, nej av Gerda fick man alltid nog och övernog, ingen hade någonsin behövt misstro Gerda eller granska de räkenskaper hon lämnat efter sig!

Men, det medgav Marita, hon hade lagt ut dem på köksgolvet och mätt dem med måttbandet och hon hade vägt dem på hushållsvågen.

Nåå? sade Olof Helmersson.

Det är en ohygglig förmögenhet, sade Marita. En sådan farlig summa har jag aldrig ens hört talas om.

Ja, sade Olof Helmersson. Du är en mycket rik församling.

Jag har aldrig i mitt liv varit avfälling, sade Marita. Alla andra har då och då varit avfällingar.

Det är riktigt, sade Olof Helmersson. Korta stunder är man varken frälst eller ofrälst. Sedan faller man åt ena eller andra hållet.

Till och med Gerda var någon enstaka gång avfälling då hon var yngre, sade Marita.

Ja, sade Olof Helmersson. Gerda hade ett fullödigt liv.

Man får väl tro på Gud även om man är avfälling? sade Marita. Om man skulle hava lust? Även om man med full kraft hängiver sig åt synden?

Givetvis, sade Olof Helmersson. Det är synden som är huvudsaken. I stort sett alla avfällingar är troende.

Så att, sade Marita. Nu då jag har de nödiga medlen. Jag ska kasta mig ut i synden. Och bli avfälling.

Min dotter, sade Olof Helmersson. Du kommer aldrig att ångra dig.

Med alla de här pengarna, sade Marita, kan man väl åstadkomma ganska mycket synd, pappa?

Ja, sade Olof Helmersson. Nästan obegripligt stora mängder. Synden är ofta förvånansvärt billig.

Det värsta är, sade Marita, att då blir det öde här i Stenlunds.

En ödegård mer eller mindre, sade Olof Helmersson, det spelar ingen roll i de här trakterna.

De satt alldeles stilla, deras andhämtning fick berget av sedlar på pelarbordet att dallra och gunga. Uppifrån hagen hördes fårpinglan.

För nog är det väl på det viset, pappa, sade Marita, att som avfälling kan man ha mycket roligare ute vid kusten eller i södra Sverige? Då man ska vältra sig i synden?

Ja, sade Olof Helmersson. Utbudet är större.

☞

## NYHETSBREV FRÅN MÅNPOCKET

Prenumerera på vårt nyhetsbrev via e-post. I det får du läsa om våra åtta nya titlar varje månad, aktuella händelser och tävlingar.

Tjänsten är kostnadsfri och du kan när du vill avsluta din prenumeration. Anmäler dig gör du endera på vår hemsida eller via sms.

### ☞ ANMÄLA PÅ HEMSIDAN

Gå in på **www.manpocket.se** och välj Nyhetsbrev/Anmäla i menyn. Följ sedan anvisningarna.

### ☞ ANMÄLA VIA SMS

Skicka ett **sms** till nummer 72580 (kostnad: 5 kronor + trafikavgift).
***Skriv***:
månpocket (mellanslag) nyhetsbrev (mellanslag) din mejladress.

Exempel: månpocket nyhetsbrev kalle.larsson@mejl.se

• För att underlätta god service och korrekt administration av dina mobila tjänster används modern informationsteknik inom Bonnier AB, som äger Månpocket. Läs mer om detta på www.manpocket.se.